livaneli

# HUZURSUZLUK

**Huzursuzluk / *Zülfü Livaneli***



Yayıncı ve Matbaa Sertifika No: 44066



*Yayın direktörü* Gülşen İşeri
*Yayıma hazırlayan* Günnur Aksakal
*Kapak tasarım ve illüstrasyon* Gilas Coşkun
*Kapak resmi* Can Ersal
*Dizgi* Davut Aşkar
*Sayfa tasarım* Şevval Ulusoy

ISBN: 978-975-10-4267-5

22 23 24   8 7 6 5 4 3
İstanbul, 2022

*Baskı ve Cilt*
**İnkılâp Kitabevi Yayın Sanayi ve Ticaret AŞ**
Çobançeşme Mah. Sanayi Cad. Altay Sk. No. 8
34196 Yenibosna – İstanbul
Tel : (0212) 496 11 11 (Pbx)

**İnkılâp Kitabevi Yayın Sanayi ve Ticaret AŞ**
Çobançeşme Mah. Sanayi Cad. Altay Sk. No. 8
34196 Yenibosna – İstanbul
Tel   : (0212) 496 11 11 (Pbx)
Faks : (0212) 496 11 12
posta@inkilap.com
**inkilap.com**

# livaneli

# HUZURSUZLUK

İNKILÂP 95. yıl

**Ömer Zülfü Livaneli (1946, Ilgın)**

Öğrenim hayatına Ankara Maarif Koleji'nde başlayan Livaneli, ardından Stockholm'de felsefe ve müzik eğitimi aldı.

Hem Türkiye hem de dünya yazınına ve kültürel birikimine müzik, edebiyat, sinema gibi çeşitli mecralarda katkı koydu. Üretken yazarın romanları 40 dilde yayınlandı; İspanya, Kore ve Almanya'da çok satanlar listesine girdi. Son olarak *Serenad,* basının ve uluslararası kültür çevrelerinin yoğun ilgi gösterdiği bir organizasyonla Amerikalı okurlarıyla buluştu.

Zülfü Livaneli'nin romanları İtalya ve Fransa'da Yılın Kitabı Ödülü, ABD'de çeşitli edebiyat ödülleri, Balkan Edebiyat Ödülü; Türkiye'de Yunus Nadi Roman Ödülü, Orhan Kemal Roman Armağanı ve Beyaz Martı Onur Ödülü gibi ulusal ve uluslararası ölçekte pek çok saygın ödüle layık görüldü.

Columbia, Harvard, Princeton, Shangay, St. Petersburg, Kazan üniversiteleri gibi dünya çapında prestij taşıyan üniversitelerin yanı sıra, çeşitli Türk üniversitelerinde de konferanslar ve dersler veren usta edebiyatçının romanları, Missouri Southern State University (MSSU)'de ders kitabı olarak okutuldu.

Cengiz Aytmatov ev sahipliğinde Arthur Miller, Peter Ustinov, James Baldwin, Yaşar Kemal gibi 20. yüzyılın edebiyat dâhileri ve düşünürlerinin katılımıyla gerçekleşen Issık Göl Forumu'nda yer aldı.

Romanları kadar fikirleri ve müziği ile de dünya basınında övgülerle karşılanan bir sanatçı olan Livaneli edebiyat, müzik ve sinema alanlarında 30'dan fazla ulusal ve uluslararası ödül sahibi. Çalışmaları, dünya çapında yüz binlerce okur ve dinleyici tarafından takip ediliyor.

1972 yılında, dönemin politik atmosferi etkisinde, düşünceleri nedeniyle suçlanarak hapis ile cezalandırılan ve uzun yıllar sürgün hayatı yaşayan fikir-sanat işçisi Livaneli; Türk-Yunan ilişkilerinin zor dönemler yaşadığı 1980'li yıllarda Türk-Yunan Dostluk Derneği'nin kurucularından biri oldu. 1996-2016 yılları arasında UNESCO İyi Niyet Büyükelçisi olarak görev yaptı. 2002-2006 yıllarında ise milletvekili olarak TBMM'de yer aldı.

Türkiye müzik, kültür, fikir ve siyaset sahnesinde vazgeçilmez bir yeri olan Zülfü Livaneli, düşünsel ve edebi üretimine halen yaşadığı İstanbul'da devam etmekte.

**www.livaneli.gen.tr**
**www.livaneli.net**

*Ülker'e, Aylin'e...*

*Mardin konusunda beni zenginleştiren*
*Necati Yağcı dostuma teşekkürlerimle.*

*Şu küçücük dünyada herkes incitilmiş, isimsiz,*
*herkes yanlış yerde.*

Fernando Pessoa, *Huzursuzluğun Kitabı*

*Kendi yüzümü gördüm senin yüzünde*
*Kendi sesimi duydum senin dudağında.*

Muhyiddin Arabi

Harese nedir, bilir misin oğlum? Arapça eski bir kelimedir. Bildiğin o hırs, haris, ihtiras, muhteris sözleri buradan türemiştir. Harese şudur evladım: Develere çöl gemileri derler bilirsin, bu mübarek hayvan üç hafta yemeden içmeden, aç susuz çölde yürür de yürür; o kadar dayanıklıdır yani. Ama bunların çölde çok sevdikleri bir diken vardır, gördükleri yerde o dikeni koparır çiğnemeye başlarlar. Keskin diken devenin ağzında yaralar açar, o yaralardan kan akmaya başlar. Tuzlu kanın tadı dikeninkiyle karışınca bu, devenin daha çok hoşuna gider. Böylece yedikçe kanar, kanadıkça yer, bir türlü kendi kanına doyamaz ve engel olunmazsa kan kaybından ölür deve. Bunun adı haresedir. Demin de söyledim, hırs, ihtiras, haris gibi kelimeler buradan gelir. Bütün Ortadoğu'nun âdeti budur oğlum, tarih boyunca birbirini öldürür ama aslında kendini öldürdüğünü anlamaz. Kendi kanının tadından sarhoş olur.

# HÜSEYİN'E YOLCULUK

# Kızıl yele karışan

*"Beni alıp tekrar karnına soksan bile koruyamazsın artık anne!"*

Annesiyle görüşmesindeki son sözleri bu olmuş. Ağlamaktan gözlerine kan oturmuş yaşlı kadın, başındaki beyaz tülbentin ucuyla yaşlarını silerken bu sözleri tekrarlayıp durdu. Kız kardeşi Aysel de duymuş bu cümleyi, çünkü kapının önünde vedalaşırken o da oradaymış, abisinin boynuna sarılmış ama o derin bir halsizlik içinde, bu dünyadan vazgeçmiş gibiymiş, kollarını bile kaldıramamış. Zaten sol kolu, omzundaki kurşun yarasından dolayı kalkmıyormuş. Sanki ölüme gittiğini biliyordu; elimizden bir şey gelmeyeceğini hissettim o zaman diyordu kız kardeşi Aysel, belki de o kız yüzündendi.

"Beni alıp tekrar karnına soksan bile koruyamazsın artık anne!"

Bunlar Hüseyin'in hayattaki son sözleri değil ama annesiyle ve kız kardeşiyle vedalaşırken –zaten babası ölmüş daha önce, iki abisi de Amerika'daymış– söylediği son cümle olmuş.

Hüseyin'in ailesiyle görüşmek için Mardin'e uçakla gittiğimde, Suriye sınırında zamanın içinde kaybolmuş bu antik kent yine kızıl bir toz altındaydı. Sokakları, evleri kızıla boyayan bu toz bulutları, oğullarını kaybetmiş ailenin duyduğu yakıcı acının ve Hüseyin'in annesine söylediği kehanetin atmosferini oluşturmak için, usta bir tiyatro yönetmeninin konuya uygun gördüğü bir dekor olarak oradaydı sanki. Bu kızıl toz bulutlarını bilirdim; çocukluğumda yani Hüseyin'le okul arkadaşı olduğumuz günlerde de Suriye çöllerinden böyle kızıl rüzgârlar eser, nefes almayı bile zorlaştırarak sıcak bir çöl kızılına boyardı hepimizi. Kızıl rüzgâr gelince esnaf tezgâhtaki malını toplar, herkes içeri kaçışır, dışarda kalanlar da ağızlarına mendil kapatarak öksüre öksüre koşarlardı. Yıllar sonra şehrime döndüğümde, beni tekrar aynı kızıl bulutlar karşıladı.

Hüseyin ailesiyle vedalaştığı gün de böyle bir kızıllık varmış ortalıkta. Kapıda onu son kez gördüğümüzde, abimin yüzü tozdan turuncuya kesmişti, arkasından kovayla su döktü annem, kötü şeyler düşünme oğlum, su gibi gidip gel, diye seslendi ama o kızıl bulut içinde kaybolup gitmişti bile dedi Aysel.

Annesi, son anda kanla kaplanmış gördüm yavrumun yüzünü diyordu ve Aysel'e dönerek, bir daha o şeytanın kızının adını ağzına alma bu evde, dağ gibi oğlumu yedi, ayağını bastığı yere felaket taşıdı, ocağımızı söndürdü, o şeytana sadece şeytan de, diyerek sitem etti.

Bu sözler, o kızı ve Hüseyin'in başına gelenleri daha da çok merak etmeme neden oldu. Madem Mezopotamya toprağında başına bu işler gelmiş, vurulmuş, yaralanmıştı,

Amerika'da ne işi vardı, buralarda vurulup orada ölmek nasıl bir yazgıydı böyle.

Hüseyin Mardin'den ayrıldıktan yaklaşık iki ay sonra Amerika'da, kaldırıldığı hastanenin acil servisinde can verirken ağzından zar zor dökülen son cümle, *"Ben bir insandım"* olmuş. Abisinin anlattığına göre Jacksonville hastanesindeki Hint asıllı doktor, Hüseyin'in ölmeden önce tekrarladığı bu sözleri, anlayan kimse olmadığı için telefonuna kaydetmiş, sonra da abilerine dinletmiş, bu sözlerin anlamını sormuş, onlar da İngilizceye çevirmişler. Doktor herhalde yanlış çevirdiklerini düşünerek, ben bir insanım mı diyor demiş, onlar da hayır demişler, her seferinde, "Ben bir insandım" diye geçmiş zaman kullanıyor, ölmüş biri konuşuyor gibi.

Abisinin Mardin'e cenazeyle birlikte getirdiği raporda, Türkiye Cumhuriyeti yurttaşı, 32 yaşında erkek, beyaz (*caucasian* diye yazıyordu raporda) Hüseyin Yılmaz'ın, 26 Eylül 2016 gecesi saat 23.44'te karın bölgesine ve böbreklerine aldığı bıçak darbeleri sonucunda öldüğü belirtiliyordu.

Benim Mardin maceram nasıl başladı, önce onu anlatayım. İstanbul'da gazetenin ikinci katında her sabah 11.00'de, elips masanın çevresine dizilen arkadaşlarla yazı işleri toplantısındaydık. Haberler gözden geçiriliyor, her bölümün sorumlusu eteğindeki taşı döküyordu. Bizim "Başkomiser Recep" diye takıldığımız arkadaşımız, her gün olduğu gibi o sabah da elindeki kanlı malzemeyi yani üçüncü sayfayı kızıla boyayacak haberleri, fotoğrafları sergilemeye başladı. Onun diline alışık olduğumuz için şahane bir fotoğraf yakaladık, dediği zaman dehşet verici bir trafik kazasıyla, cinayetle ama mutlaka parçalanmış bedenlerle karşılaşacağımızı bilirdik. Resimde ne kadar kan varsa gazetecilik dilinde o kadar şahane oluyordu o resim. Önce "vaka-i adiye" dediği kadın cinayetlerinden başladı. Sokak ortasında eski kocasının bıçakladığı genç kadın, bir polisin beylik tabancayla karısını vurup sonra intihar ettiğini belirten haber ve resim; böyle uzayıp gitti. En sonunda, pek önemsemediği bir haberi verdi. ABD'nin Jacksonville şehrinde, abilerine ait pizza lokantasında çalışan Hüseyin Yılmaz adlı bir Türk'ü, Amerikalı İslam düşmanı ırkçılar bıçaklayarak öldürmüştü. Ağır yaralanan 32 yaşındaki Mardin doğumlu Türk hastaneye kaldırılmış ama kurtarılamamıştı. Şehrin belediye başkanı olayı kınayan bir mesaj yayınlamıştı, İslamofobya falan diyordu adam. ABD medyası böyle şeyleri yayımlamadığı için elde kanlı bir fotoğraf yoktu ama Mardin'deki nüfus kayıtlarından ölenin resmini bulmuştu servis. Yazı işleri müdürü, haberin küçük bir şekilde kullanılması talimatını verdi, dindar okurların ilgisini çeker bu haber dedi ama o sırada benim aklım başka bir şeye takılmıştı. Bir kişinin adı Hüseyin Yılmaz'sa, Mardin'de doğmuşsa, 32 yaşındaysa, çocukluk arkadaşım Hüseyin'den başkası olamazdı bu; aynı şehirde, aynı yılda doğmuş iki Hüseyin Yılmaz yoksa tabii. Başkomiser Recep'e Mardin'in neresindenmiş bu kişi, diye sorduğumda, nüfusu Kızıltepe'de, orada doğmuş cevabını aldım ve Amerika'da öldürülen kişinin bizim Hüseyin olduğundan en ufak bir kuşkum kalmadı. Yıllarca okulda aynı sırayı paylaştığımız, çelik çomak, patlak çamur, misket oynadığımız; kuş yuvalarından delice yavruları çaldığımız o ufak tefek meraklı çocuk; yıllardır görmediğim çocukluk arkadaşım.

Mardin'e girer girmez, artık kimsenin çelik çomak oynamadığı, nasılsa hâlâ boş kalmış, talancıların elinden kurtulmuş o boş arsayı görünce, Hüseyin, çocukluk denilen ayrı dünyadan bir anda gelip beynime giriverdi. Kendimi, elinde sopa tutan, bir taşın üstüne dengesiz bir biçimde yerleştirilmiş küçük değnek parçasının boşta kalan kısmına o sopayla vurarak havaya fırlamasını sağladığımız, sonra havada takla atan bu küçük değneği, yine sopayla uzaklara fırlattığımız –benim daha sonraları yoksulların beyzbolu olarak nitelendireceğim– çelik çomak oyunu oynarken hayal ettim ve âdeta sopanın ucunu elimde hissetmem, bende bir geri dönüşe yol açtı; bu da beni şaşırttı. Önceki ben geri dönmüştü. Yalnız Hüseyin değil, diğer arkadaşlar da gözümün önüne geldi: Mehmet, Raif, Safter, Fikret, Münir, Tahir. İçimizde en ufak tefek, en zayıf olan, sivri suratlı Hüseyin'di. Bilek güreşi yapmazdı (yapamazdı) hiçbirimizle çünkü yenileceğini baştan kabul etmişti. Buna karşılık, hep birlikte gönderildiğimiz Kuran kursunda en başarılı olanımız oydu. Boynumuza asılı hamaylıların içindeki elifba cüzlerini, kurs verilen harap odadaki rahlelerin üzerine yerleştirip yere diz çöktüğümüz zaman elif, be, te, se, cim, ha... diyerek su gibi bir çırpıda okuyuveren oydu. Peygamberin yüzünü bir saniye görsem ve o anda ölsem diyerek şaşırtırdı bizi. Zaten kafası hep ölüm düşünceleriyle doluydu. Kırmızı rüzgârın, mahşer gününün bir işareti olarak estiğini, bu fani dünyanın nimetlerine dalıp gitmememiz için bir uyarı olarak gönderildiğini söyler dururdu. Biz ise bu sözlere güler, çöllerden gelen rüzgârın ağzımıza doldurduğu kumlar dişlerimizin arasında gıcır gıcır ederken, bulabildiğimiz her şeyle yüzümüzü gözümüzü kapatarak bir an önce canımızı eve atmaya uğraşırdık. Elimizdeki lastik sapanlarla kuş avlarken, günah diye çıkışırdı bize, tavuk yemiyor musun oğlum, diye alay ederdik, o da kuş, bu da kuş; ha yerde ha havada ne fark eder. Kafasını düşünceli düşünceli sallayıp yoo, derdi, o kuş belki de filleriyle Kabe'ye yürüyen putperest Ebrehe ordusunu, gagalarında taşıdıkları taşları atarak mahveden ebabil kuşlarının soyundandır, ne biliyorsunuz öyle olmadığını.

İçimizde en bıçkın olan İsmail, yere afili bir tükürük fırlatarak, hassiktir derdi bunun üstüne, hassiktir be Hüseyin, her şeyin içine ettin, böyle yapacaksan git evine otur oğlum, zevkimizi kaçırma.

Okulda bir gün, durmadan temizlediği tel çerçeveli gözlüklerinden dolayı "şangır şungur" adını taktığımız Cemal Hoca fetvanın ne olduğunu anlatmış, sonra içimizden birinin fetva vermesi gerekse o makama kimi layık gördüğümüzü sormuştu. Hepimizin başı Hüseyin'e dönünce de gülmüş, evet demişti, fetva olsa olsa Hüseyin'e yakışır bu sınıfta, büyüyünce molla olacak bu oğlan.

Günlerin daha uzun sürdüğü, güneşin daha geç battığı, zamanın daha yavaş aktığı, ne yapacağımızı bilemeden can sıkıntısı içinde kıvrandığımız, kendimize oyunlar icat etmeye çalıştığımız, kızgın güneş altında kafamız sasılaşana kadar oturup elimizdeki değnekle kumlara bir şeyler çiziktirdiğimiz, çember çevirdiğimiz, topaçları kamçılaya kamçılaya fırdöndürdüğümüz o farklı dünyanın izlenimleri, sanki başka bir insanın başından geçmiş, sanki İstanbul'da plazadan plazaya koşturan, trafikte takılıp kalan, dolmuşlara, otobüslere, metrolara soluk soluğa yetişmeye çalışan "ben"in gördüğü tuhaf bir rüya gibi etkisi altına alıverdi "ben"i. Hangi ben daha baskın çıktı anlayamadım, o ben mi, bu ben mi? O ben, yıllar önce başörtülü annesi ile hacı babasının otobüse bindirip arkasından el sallayarak büyük şehre okumaya gönderdikleri, kaygılar içindeki korkak, ürkek çocuk. Galiba Mardin'e geldiğim andan itibaren öteki ben, önceki ben uç veriyor. Dizlerimizde geçmek üzere olan yaraların üstündeki kahverengi kabuğu kaldırıp altındaki pembe cılk eti ortaya çıkarmanın acılı zevki, hamamda annelerimizin gözümüze sabun kaçırıp başımıza hamam tasını vura vura döktüğü kaynar sular, keseleme işlemi adı altında derimizi yüzerken en çok acıyan yanlarımız, yani koltuk altı ile bel arasındaki bölge, çocukların yaklaşmaması gereken, kırmızı pembe çizgili peştamalla kapatılmış bölmelerden gelen (o zamanlar kadınların hamamotu kullanarak temizlendiğini bilmiyorduk) ağır koku, hamamın kubbesindeki yuvarlak deliklerden süzülen durağan ışık sütunları, onların içinde ağır ağır dans eden zerrecikler; kısacası zihinden önce bedenin hatırladığı çocukluk ülkesi, ağır ağır yükselen bir su gibi kaplayıveriyor içimi.

Hüseyin'in büyümüş halini gözümün önüne getirmekte zorlanıyorum. Sanki Mardin'de o çelimsiz çocuğu vurmuşlar, Amerika'da o mahzun bakışlı, ufak tefek arkadaşımı bıçaklayarak öldürmüşler gibi geliyor.

Oysa önce gazeteye gelen, sonra da ailesinden aldığım albümdeki resimlerden bana bakan genç adam, çocukluğun silinmeyen izi olan bakışları dışında bambaşka biri. Yuvarlak tel gözlük takmış seyrek saçlı, ince yüzlü, ip dudaklı, her halinden çekingenliği belli olan bir genç adam. Akılda kalacak hiçbir özelliği yok. Annesi (o zamanlar Adviye Hanım Teyze dediğimiz, bize o dönemde de yaşlı gelen ama şimdi beli bükülmüş, yüzüne derin çizgiler oturmuş Doğu kadını) bu eski albümü elime verirken, geri getirmeyi sakın unutma, diyor çünkü oğlumdan kalan tek şey bu.

O kızın resmi de var mı burada, diye soruyorum. Elini şiddetle sallayıp yok, diyor, şeytanın resmi yok, vardı ama evimize daha fazla zarar vermesin diye önce resmin gözlerini makasla oydum, sonra da üç kulhü bir elham okuyarak ocakta yaktım, bir daha ruhu bile buraya giremesin diye duvarlara üzerlikler astım, her yeri marullarla donattım.

O zaman bu iki katlı eski eve geldiğimden beri beni tedirgin eden ama ne olduğunu anlayamadığım şey, pencere açılınca insanın yüzüne çarpan soğuk rüzgâr gibi bilincime çıkıveriyor. Adviye Hanım Teyze'nin söylediği gibi evin her tarafında marullar var; televizyonun üstünde, divanda, sehpalarda, koltuklarda, her yerde taze, yeşil yeşil marullar; kapıların arkasına, cümle kapısına, balkona, hatta avluya asılmış onlarca marul. Eğer kadın oğlunun acısıyla aklını kaçırmadıysa bile, gelen konuklara aklını kaçırtabilecek bir marul şöleni. Nedir bunlar teyze, diye soracak oluyorum ama o sırada Adviye Hanım Teyze ipek bir mahfazayla duvara asılmış olan mushafı indirmiş, üç kez öpüp başına koymakla meşgul. Aysel bana kaş göz ederek susmamı söylüyor, sonra anlatırım anlamına gelecek bir el işareti yapıyor, bunun üzerine susuyorum. Elimde albüm, aklımda marul, çıkıp otele gidiyorum. Daha sonra görüştüğüm Aysel'in bana, kadıncağızın aklını kaçırdığını söyleyeceğinden neredeyse eminim ama öyle olmuyor. Küçükken o karamuk badem gözlerine bakmaya doyamadığım Aysel aynı gözlerle bana bakarak, marulun anlamı var diyor, o kız maruldan korkuyordu.

"Maruldan mı, hani şu bildiğimiz marul!"

"Evet, evet. Zaten her şey o marul sayesinde anlaşıldı."

Ne anlaşıldı diye soruyorum, Meleknaz denilen kızın şeytan olduğu cevabını alıyorum.

"Marulla şeytanın ne ilgisi... "

"Varmış meğer, biz de bilmiyorduk. Şaşırıp kaldık senin gibi..."

Aysel de annesiyle birlikte aynı anda aklını kaçırmış olamayacağına göre, demek ki evin her yerine konulmuş marullarda gerçek bir sır var. Hikâye giderek daha çok içine çekiyor beni ama bu kadar benzemez öğe arasında nasıl bağ kuracağımı, olayları nasıl birbirine bağlayacağımı bilemiyorum. Şeytan denilen kız, ona âşık olan çocukluk arkadaşım Hüseyin, Mardin'de vurulma, Amerika'da ölüm, evdeki marullar, hele o marullar...

Meleknaz Hüseyin'in karısı mıydı, diye soruyorum Aysel'e.

Evlenme hazırlığı içindelerdi diyor, o kız Suriyeli bir mülteci olduğu için birtakım zorluklar vardı, onunla uğraşıyorlardı.

Meleknaz mı, Suriyeli mi o kız, diye soruyorum pekiştirmek isteyerek. Evet, diyor Aysel, zaten sığınmacı kampında tanımış onu, hayatına mal olacağını bilmeden de ona deli gibi...

Küçük bir hıçkırık sesini titrettiği için susuyor Aysel. Âşık olmuş, diye tamamlıyorum cümlesini. Hayır, diyor içinden yükselen bir isyan duygusuyla, iblise âşık olunur mu hiç, o kız onun aklını başından aldı, kim bilir hangi büyülerle onu kandırdı, eski nişanlısını terk edecek, ailesini karşısına alacak hale getirdi.

Off be Aysel diyorum, her söylediğinle aklım daha çok karışıyor, şu işi bana baştan sona anlatamaz mısın? Hayır diyor, bunu şimdi yapamam, abimin cenazesi geliyor yarın, onu toprağa vereceğiz, hem içim yanıyor hem de yapmam gereken bin tane iş var.

Sonra, hâlâ hayranlıkla bakmakta olduğum badem gözlerini alıp gidiyor, beni karmakarışık bir ruh hali ve giderek yoğunlaşan sorularla baş başa bırakıyor.

Akşamüstü, otelden çıkıp bu antik şehrin taş yapıları arasındaki dar sokaklardan yürüyerek, Süryani ustaların gümüş telkâri yaptıkları işliklerin önünden geçiyor, epeyce yürüyüp şehri arkamda bırakıyorum ve çocukluğumdaki gibi Kasımiye Medresesi'nin tepesine çıkıyorum. Buradan bütün ova ayaklar altında; Mezopotamya'nın tamamını görüyorum duygusuna kapılıyor insan. Güneş Mardin'in kalesini, taş evlerini kızıla boyayarak tam karşıdan batıyor. Zamanın durduğu bir mekân ki o zamanın içinde Haçlılar, Timur'un Moğolları, Artuklular, Selçuklular, Süryaniler, Araplar, Türkler, Kürtler donmuş duruyorlar. İstanbul'dan bir uçağa binip iki saatte binlerce yıl öncesine, Mezopotamya tarihine dalıvermenin tuhaf, hüzne benzer ama tam hüzün de olmayan; şaşkınlık mı özlem mi desem, ne olduğunu tam çözemediğim karmaşık duyguları kaplayıveriyor beni. İstanbul'un dağdağalı hayatı, yeni ayrıldığım karım, boşanma zorlukları, gazetedeki haber heyecanı, masam, bilgisayarım uzaklarda kalıyor. Tam karşımda Suriye sınırı, Kamışlı ilçesi. Gün kavuşuyor, o anda önce Ulu Cami'den, sonra diğer camilerden akşam ezanları okunmaya başlıyor, içim ürperiyor. Ulu Cami'nin de çocukluk anılarında yeri var. Bayram sabahları erkenden kaldırılıp, şadırvanda aptest aldıktan sonra büyüklerimizin götürdüğü bayram namazlarının kılındığı cami, inançların harman olduğu bu kentte, bir Hıristiyan mimarın yaptığı o güzel cami.

Hava karardıkça bir kasvet çöküyor, ayrıntıları silinen koca ova, uçsuz bucaksız bir okyanusmuş gibi görünmeye başlıyor, sanki sonsuz bir deryaya, bir ummana bakıyorum. Neredeyse ağlayacak hale geliyorum ama neyin ağlattığını bilmeden. Dedemin öğrettiği çok eski bir Arap şiiri geliyor aklıma: *Asil insanların en neşeli zamanlarında bile bir hüzün vardır, daha düşük ruhlar ise en sefil zamanında bile neşelidir*. İnsanların fazla gülmediği, kadınlarla çocukların evin erkeklerinin yanında yüksek sesle konuşamadığı; dede, baba eve geldiği zaman Arap şarkıları çalan radyonun kapatıldığı, alelacele yenilen yemek sırasında kimsenin konuşmadığı, neşesiz ve tatsız bir hayata çok uyan bir şiir bu.

Artuklu sultanlarının yaptırdığı Kasımiye Medresesi'nden ayrılırken beni hüzünlendiren şeyin ne olduğunu buluyorum: yalnızlık duygusu. Bu şehirde yalnızım ben; ailem yok, hayatta kalanlar Ankara'ya, İzmir'e taşınmış, onlarla da bir ilişkim kalmamış, aile bağlarımı tamamen koparmışım; dedem, babam, annem mezarlıkta. Bu şehir benim şehrim değil artık. Binlerce yıllık taş binaların üstüne çıkılmış, yanına eklenmiş briket bölümler, deşilmiş bağırsaklar gibi görünen karmakarışık elektrik, telefon telleri; karanlığın örttüğü çirkinlikler.

Evlerde ölgün ışıklar yanıyor. Sanki Mezopotamya tarihinin bütün acıları karanlıkla birlikte şehrin üstüne çöküvermiş gibi. Canımın fena halde içki istediğini fark ediyorum, acıkmadım ama içki içmek istiyorum. Daha önce okuduklarım, artık bu devirde, şehirde içki bulmanın çok zor olduğunu anlatıyor bana. Otelde içki yok, lokantalarda da. Oysa mahlepli Süryani şaraplarıyla ünlü bir yerdi buralar; dizlerini bir sağa bir sola çevirerek yere doğru yavaş yavaş, müziğin ritmine uyarak çöküp sonra aynı şekilde yukarı kalkarken, hüner sahiplerinin göğe dönmüş ahırlarının üstündeki dolu rakı bardağından bir damla bile dökmemekle övündükleri Reyhani danslarının memleketiydi.

Çocukluğumun Mardini'nde İslam da başka bir şeydi. Namaz kılan babaannelerin önünden geçtiğinde ya da secdeye vardığı sırada sırtına bindiğinde, namazının bozulacağından korkan zavallı kadının sadece okuduğu duanın sözlerini daha yüksek sesle tekrarlamaktan öteye gitmeyen sevecen protestosu, ramazan ayında çocukların oruç tutma ısrarı karşısında, peki üç gün tut, bir başlangıçta, bir ortasında, bir de sonunda, üç gün eder, bir sıfır koydun mu işte sana otuz gün oruç diye avutulduğu bir şefkat dünyası. Israrımıza rağmen iftarı bekleyemez, gizlice su içer, mutfaktan aşırdığımız bir şeyleri yerdik; büyükler de bunu bilmelerine rağmen hiç yüzümüze vurmazdı, hatta iftar sofrasında bize de Allah kabul etsin evladım derlerdi.

Çarşıda, okulda, kadim Süryani, Müslüman, Yahudi, Mecusi, Zerdüşti, herkesin ahbaplık ettiği, birbirinin kutsal günlerini kutladığı şölen günleri... Ama şimdi iyice içine kapanmış, sertleşmiş öfkeli bir İslam'ın gölgesi altında kararan bir şehir.

"Önceki ben" bu şehrin sokaklarında babasının elini tutmuş gezerken, bazı lokantalardan yayılan ızgara et ve buram buram anason karışımı kokulardan bayılacak gibi olurdu. O kadar hoş ve değişik bir kokuydu ki bu, evde yenilen yemeklerden alıp başka bir dünyaya sokardı o çocuğu. Evlerde de rakı içilirdi, mahlepli Süryani şarabı yudumlanırdı ama lokantalardan yayılan yoğun rakı-kebap karışımı koku bambaşkaydı. Şimdi yürüdüğüm sokaklar daha karanlık sanki, daha neşesiz, daha ıssız. Bir yandan IŞİD, bir yandan PKK, bir yandan devlet güçleri derken çarpışmaların ortasında kalmış, korku içinde bir kent.

Uzaklardan silah sesleri ve köpek havlamaları çalınıyor kulağıma. Bu tarifsiz, kaybedilmiş şehir duygusundan kurtulmak için, ünü İstanbul'a kadar gelen Cercis Murat Konağı'na gidiyorum. Galiba Mardin'de içki verilen tek lokanta bu; belki de sahibi bir kadın olduğu için. Bu görkemli taş konaktaki lokanta tenha, masaların çoğu boş çünkü turistler gelmiyor artık buralara, evdekiler de çıkmaya korkuyor. Mahlepli Süryani şarabı istiyorum, bir de listeden seçtiğim ayvalı incik. Bu eski konak Ermeni Tüfekçiyan ailesine aitmiş derlerdi bize. Tehcirden sonra, Süryani Cercis Murat'ın olmuş, zaten birçok Ermeni mülkünü paylaşmış Mardinliler.

Şarap koyu, tortulu, kekremsi ama mahlep çok hoş bir tat bırakıyor damakta. Garsona şişeyle şarap satıp satmadıklarını soruyorum. Niyetim iki şişe alıp otele götürmek, lobide olmasa bile odamda içebilirim herhalde. Yok diyor ama çarşıdaki Süryani kuyumcuların çoğunda satılıyor, evlerinde yapıyorlar.

Hüseyin'in macerasını kimden öğrenebileceğimi düşünüyorum. Eski arkadaşlarımı bulmam zor olmaz herhalde. Acaba kim konuşur, kim anlatır bana gerçeği? Hem sahiden biliyorlar mı ki neyin gerçek neyin yalan olduğunu. Onlar da Meleknaz adlı göçmen kızın şeytan olduğuna inanıyorlarsa, bana bir şey anlatamazlar. Hüseyin'i kimler vurdu burada, neden vurdu, nasıl vurdu, iki kurşun yarasına rağmen nasıl oldu da ölümü Amerika'ya kadar ertelendi?

Taş ve dar sokaklardan geçip Zinciriye Medresesi'nden dönüştürülmüş otele giderken hep bunlarla uğraşan kafam, (iyi ki) hafif bulutluydu yoksa o gece bu sorularla uyumam zor olacaktı. Gece şeytan kuyruklu bir kız girdi rüyama.

# Uyan Hüseyinim derin uykudan

Salim Abisinin, Amerika'dan İstanbul'a oradan da yine uçakla Mardin'e getirdiği Hüseyin toprağa verilirken, işleri bu olan ağıtçı kadınlar, göğüslerini dövüp saçlarını yolarak, yeri göğü birbirine katan bin bir acılı çığlıkla Hüseyin'in nasıl yiğit, nasıl cesur, nasıl yakışıklı, nasıl da kadersiz olduğunu anlatıp ailenin zaten dökmekte olduğu gözyaşlarını daha da çoğaltıyorlar. Kara giysilere bürünmüş ağıtçı kadınları biliyordum, her cenazede hazır bulunur, aldıkları paranın hakkını verirlerdi doğrusu; öyle ki duyanlar, asıl bağrı yananların onlar olduğuna, cenaze sahiplerinden daha çok acı çektiklerine inanırdı. Arapça, Türkçe, Kürtçe, "*Kalk Hüseyin kalk, nedir bu uyku, bu derin uyku / Atın ahırda bağlı kaldı / Kuzuların sahipsiz kaldı / Matem bizden uzak olsun / Kalk Hüseyin kalk, nedir bu uyku*" diye bağırırken bitiştirdikleri ellerini kalplerinin üstüne, kafalarına, göğüslerine ritmik bir biçimde vuruyorlardı. Yüzlerinde, ellerinde mor dövmeler vardı, çoğu kadının alt dudağı mosmordu. Peygamberin kızı Fatima'yı bir kölenin ısırdığına, bu kutsal insanın alt dudağını yaraladığına inanıyorlardı, bu yüzden hepsi alt dudaklarını dövmeyle morartmıştı. Babaannemin göğsünde de ceylan dövmeleri vardı; bir keresinde sormuştum niye yaptın bunu babaanne, diye, içim sıkıldığında göğsümde gazeller uçuşsun istedim, cevabını vermişti. Acıdı mı, demiştim, hem de çok demişti, kanadı, acıdı, yedi kere soyuldu, sonra böyle mor kaldı. Dövmeci kadınlar, kız bebek emziren bir annenin sütünü alır –oğlan anası olmazmış nedense– isle karıştırır, sonra da üç iğneyi buna batırarak dövmeyi yaparlarmış. Okuldaki Süryani arkadaşım Emmanuel'in kolunda da görmüştüm haç şeklinde bir dövme. Bu acı verici kanlı işi niye yaptırdığını sorduğumda, biz dinimiz için yaparız bunu, demişti, ama yüzümüzü lekelemeyiz.

Babaannem de bu mahzun mezarlıkta yatıyor, dedem de, babam da, annem de. Hayırsız oğulları, sabah, Hüseyin'in cenazesinden önce gelerek sararmış otlarla kaplı bakımsız mezarlarını ziyaret etti; mezarların başında, ne yapacağını bilmeden tuhaf bir duyguyla beş altı dakika durdu. Mezar taşlarında yazan adları, doğum ölüm tarihlerini tekrar tekrar okudu; annem babam burada değil diye düşündü, yoklar. İyi ama o zaman ne var, sadece kemikler mi? Yunanlıların, cenazeleri üç yıl sonra mezardan çıkarıp yakınlarının kemiklerini evde sakladıklarını duymuştu; demek ki üç yılda sadece kemik kalıyordu. Acaba kendisi de annesini, babasını alıp İstanbul'a mı götürmeliydi? Evde her gün o kemiklere bakarak; yaptığı hataları, ailesini terk etme hoyratlığını, Mardin'i ve içinden çıktığı çevreyi küçümseme kabalığını bağışlatabilir miydi? Elbette olamazdı böyle bir şey. En azından annesi ve babası açısından. Onlar "Batılı" oğullarının tam tersine, iliklerine kadar Doğuluydular ve şimdi ilikleri bile kalmamış olmasına rağmen, en azından kemikleri ve anılarıyla Mezopotamya'ya aittiler.

Kalabalık arasında uzun boylu, bıyıklı bir adamın yanına sokuldum, hâlâ ağıtçılar olduğunu bilmiyordum, diye fısıldadım. Adam bana şöyle bir baktı, eski âdetler bunlar, artık kimi ağıtçı çağırıyor, kimi çağırmıyor, dedi, sonra yüzünü cenazeye doğru çevirdi. Beni meraklı bir ziyaretçi olarak gördüğü belliydi.

Dedemi burada toprağa verirken de ağıtçılar vardı Mehmet, dedim. Bunun üzerine başını çevirip bana iyice baktı, şaşkın gözlerle beni süzdü, kim olduğumu çıkarmaya çalıştı, sonra yüzü aydınlandı ve İbrahim, dedi, İbrahim?

Evet Mehmet, diye fısıldadım, ben İbrahim.

Cenazeye saygısızlık etmemek için tokalaşmadık, birbirimize sarılmadık, saygılı bir tavırla yan yana dururken sadece ellerimiz birbirine değdi, sonra Mehmet sırtıma hafifçe iki kez vurdu. O sırada Aysel'in, çocukluğundan beri dokunmadığı belli olan, beline kadar inmiş iki örgü saçını kestiğini ve abisinin mezarına attığını gördük.

# Lâleş vadisi misafiri

Çok şaşırdım diyor Mehmet, gerçekten çok şaşırdım be İbrahim, bunca yıl, bu kadar yıl ortalıkta görünme, sonra birden yanımda bitiver, hem de Hüseyin'in cenazesinde. Hüseyin'le seni konuşurduk biliyor musun, nerelerde olduğunu, ne yaptığını... Merak ederdik seni, o kadar uzaktın ki bizden. Biz bu şehre çakılıp kaldık İbrahim, başka bir yerde yaşamak aklımıza bile gelmedi. Dedemizin, babamızın hayatını sürdürdük ama bu arada şehir, gördüğün gibi şehir değişti, Mardin değişti, belki biz de değiştik, kim bilir. Eski arkadaşlar mı? Raif bir araba kazasında öldü, Muharrem kanser oldu ama kurtuldu, oto acenteliği yapıyor, Hüseyin ise... Burada bir üniversite kuruldu, haberin var mı? İçimizde en iyi okuyan Hüseyin, Sağlık Yüksek Okulu'nu bitirdi, insanlara yardım etmeye ne kadar meraklı olduğunu hatırlarsın belki, ne kadar yufka yürekli olduğunu. Evet, dediğin gibi kuşlara bile kıyamazdı, iyi hatırladın. O huyu hiç değişmedi, hatta büyüdükçe merhamet duygusu daha da arttı. Hepimiz merhametli insanlarız ama kimse onun gibi olamaz. Hayatını fakir fukaraya, hastalara, eziyet görenlere adadı, yalnız insanlara değil her türlü mahlukata. Yukarı mahallelere yük taşıyan eşekleri hatırlıyor musun, hani dik yokuş sokaklar araba giremeyecek kadar dar olduğu için kullanılan eşekleri. Geçenlerde belediye onları kadrolu yaptı, iyi mi! Eşekler belediye çalışanı oldular ama bu kadro, o zavallı hayvanların yara bere içinde, hasta, zayıf, yorgun mahluklar olmasının önüne geçmedi. Hüseyin, başka işlerden vakit bulduğunda hep o eşeklerle ilgilenirdi. Yaralarına merhem sürerken, hastalıklarını tedavi ederken onlarla nasıl şefkatle konuşurdu, duysan inanamazdın, eşekler de onu anlıyormuş gibi başlarını sallardı. Hüseyin minnet dolu bir eşeğin ağladığını bile anlatmıştı bize. Hadi oradan demiş, abarttığını düşünmüştük, hiç eşek ağlar mı diye dalga geçmiştik: Ama o her zamanki saflığıyla yemin üstüne yemin ediyor, eşeğin sahiden ağladığını söylüyordu. Ne çocuktu yahu, böyle bir son olacağı kimin aklına gelirdi: Evet, dediğin gibi, onun şerefine içelim İbrahim, dünyanın en iyi kalpli insanının anısına içelim.

Merhametten maraz doğar derler, bilirsin, her şeyin fazlası fazla. Hüseyin de bu işte aşırı gitti. Kendini o göçmen kamplarına atmasaydı bunların hiçbiri başına gelmeyecekti ama duramadı, Suriye'den akın akın gelen göçmenlere çok üzülüyordu, onlara yardım edeceğim diye tutturdu.

Buralarda binlerce Suriye göçmeni var, biliyorsun, çadır kentlerde kalıyorlar, hayatları sahiden zor ama biçare Hüseyin binlerce insana nasıl derman olsun, yine de elinden geleni yapmaya çalışıyor, çırpınıyor, kendini paralıyordu. Onun başını bu merhamet yedi yoksa hiçbir derdi olmazdı: Evi barkı vardı, nişanlıydı, evlenmek için gün sayıyorlardı. Ne, duymadın mı nişanlı olduğunu? Şeytan kız falan değil canım, bizim buranın yerlilerinden, zengin kızı, Safiye. O dediğin, öteki kız olmalı, göçmen kampında gördüğü kız. Elbette her şeyi anlatırım ama bildiğim kadarıyla tabii. Anlam veremediğimiz olaylar oldu, Hüseyin o kamplara gide gele, iyice tuhaflaştı. Sınır Tanımayan Doktorlar diye bir örgüt varmış, Fransa'dan falan doktorlar gelir, göçmenlere yardım edermiş. Hüseyin onlarla birlikte dolaşmaya başladı, çadırlarda kalan hasta çocuklara, kadınlara, yaralılara bakıyordu. Kışın ısınamıyor göçmenler elbette, çadırda soba yaktıkları için kaç kişi yanarak can verdi, biliyor musun!

Bu Suriye işi çok kötü oldu, çok, zavallı insanlar ölümden kaçmak için yollara düştüler ama burada da rahat yüzü göremediler. Evet, haklısın, çoğu IŞİD'den kaçtı ama hükümet güçlerinden de, El Nusra'dan da kaçanlar var. Hepsinin durumu kötü ama en büyük zulmü Yezidiler görmüş, IŞİD bunların köylerini basmış, on yaşından büyük erkeklerin kafalarını kesmiş, kadınları, kızları esir alıp tecavüz etmiş, sonra da satmış. On yaşından küçük oğlan çocuklarını da IŞİD militanı olarak yetiştiriyorlarmış. O katliam günlerinde kaçabilenler Lâleş'e sığınmışlar. Lâleş onların kutsal mekânı, ne zaman zulüm görseler oraya kaçarlar zaten. IŞİD orada da peşlerine düşmüş ama Kürtler Yezidileri kurtarmaya gelince, çekilmişler.

Bütün bunların elbette Hüseyin'le ilgisi var, yoksa niye bu kadar ayrıntılı anlatayım. Hüseyin son aylarda Yezidi kamplarına gidiyordu. En çok ezilenler, en çok zulüm görenler Yezidiler olduğu için onlar Hüseyin'de bir saplantı halini almıştı. Hep onlardan söz eder, tarih boyunca her türlü din tarafından dışlandıklarını ama son zamanlarda en çok zulmü IŞİD'den gördüklerini anlatırdı. IŞİD'e göre Yezidi kanı helalmiş, hatta Yezidi öldürenler cennete girermiş. Niye mi? Ben de fazla bilmiyorum ama sorduğum birkaç kişi Yezidilerin şeytana taptığını söyledi, hiç şeytana tapılır mı yahu? Demek öyleleri de varmış. Bunları babam bilir aslında, hatırlar mısın babamı? Evet evet, çok şükür hâlâ hayatta, 80 yaşına girdi. Sağlığı iyi, sırım gibi maşallah. Yalnız gözleri pek görmediğinden de eskisi kadar çok okuyamıyor ama aklı yerinde çok şükür. Öyle ya, haklısın, iyi hatırladın, Hüseyin'e okul dışında din dersleri verirdi. Aradan çok geçti, bak ben unutmuşum, senin aklın da pırıl pırıl maşallah.

Bu Meleknaz denilen kızı Yezidi kampında tanımış Hüseyin, ben görmedim, görenler pek ahım şahım bir şey değil, esmer, kara kuru bir kız işte, dediler. Hüseyin'in onda ne bulduğunu anlamamışlar ama gönül bu, ferman dinlemez ya... Hüseyin o kız yüzünden nişanlısını bıraktı, zavallı Safiye çok gözyaşı döktü. Kendisi gibi güzel, varlıklı bir nişanlıyı bırakıp da o sefil kıza abayı yaktığına göre bunun bir şeytan işi, bir büyü olduğunu anlatıp durdu, herkes de hak verdi Safiye'ye. Doğrusu ben de öyle düşünmüştüm. Hüseyin'in yaptığının mantıkla falan alakası yoktu. Üstelik bir de bebeği varmış kızın, kör doğmuş bir bebek. Artık tecavüz sonucu mu olmuş, yoksa kız evli miymiş, hiçbirini öğrenemedik. Hüseyin o çadırlarda, kucağındaki kör çocukla bu zayıf kızı görünce aklını yitirdi herhalde. Çocuğun gözlerini açtıracağım diye uğraşmış didinmiş, Fransa'dan gelen doktorlara göstermiş, bir çare bulamamış duyduğuma göre. Kızın o bebekten başka kimi kimsesi yokmuş, Hüseyin resmi makamlara başvurmuş, kızı nikâhına almak istediğini söylemiş, hatta çadırda Yezidi âdetlerine göre nişanlanmışlar, bütün bunları biz bilmiyoruz tabii o zamanlar, ailesi de bilmiyor, zaten hepsi rivayet, işin aslını bilen yok; bazıları da Yezidilerde Müslümanla evlilik olmaz, yalandır diyor, bilemem. Belki de kendi aralarında söz kesmişlerdir. Artık nasıl yaptıysa izin alıp kızı kamptan çıkarmayı başarmış, alıp doğru annesinin evine götürmüş, artık benim nişanlım bu, adı da Meleknaz, diyerek. Annesi düşüp bayılmış. Herhalde Safiye'yi çok sevdiğinden, biliyorsun iki aile uzaktan akraba oluyor. Ayılınca, elâlemin yüzüne nasıl bakarız oğlum, gül gibi nişanlın var, nereden çıktı bu kara kız, demiş. Kucağındaki bebekle kapının önünde bekleyen Yezidi kız, o zaman Yezidi olduğunu bilmiyorlar tabii, Türkçe konuşamadığı için söylenenleri anlamamış ama hallerinden tavırlarından neler döndüğünü sezmiş olmalı ki dönüp gitmeye kalkmış, Hüseyin gidip kolundan tutmuş, zorla getirmiş kızı. Anne demiş, ben bu evin oğluysam bu da senin gelinin, bunu hemen kabul etsen iyi olur yoksa şimdi çeker giderim. Aysel, o yumuşak başlı Hüseyin Abimi hiç bu kadar sert görmemiştim dedi. Çıldırdığını düşünmüşler ama arkasından olayları birbirine bağlayınca şeytanın oyun ettiğini anlamışlar. Çünkü şeytanın kara büyüsü aklını başından almıştı, ne yapabilirdi ki zavallı abim diyor Aysel. Bu tavır üstüne Adviye Hanım Teyze'ye susmak düşmüş tabii. Kızı içeri buyur etmiş, kız da istemeye istemeye girmiş. Aysel, haspada öyle bir tavır vardı ki, diye anlattı, sanki eve girerek bize iyilik yapıyordu, ne yüzümüze baktı, ne gülümsedi, ne merhaba dedi, öyle yaban yaban durdu.

Onlara kalsa bu burnu havada kıza hiç atamayacaklarmış ama Aysel bebeği kucağına alınca, o da epey ısrar sonucu olmuş, çünkü kız, bebeğini vermiyor, saldıracak gibi bakıyormuş ama Hüseyin onun omzunu okşayıp kulağına bir şeyler söyleyince vermiş, Aysel o zaman bebeğin iki gözünün de görmediğini anlamış. Sanki bebenin iki gözüne iki beyaz bulut oturmuştu, diye anlattı bana, ne güzel bir kız çocuğuydu ama talihsizmiş yavru, çok talihsizmiş, o sırada bir an, acaba bu Hüseyin'in çocuğu mu diye düşündüm ama hemen vazgeçtim bundan. Hüseyin kızı yeni tanımıştı, bebeğin babası da kimdi kim bilir, herhalde Suriyeliydi. Aysel bebeği annesine vermiş ama o kucağına almak istememiş, oğlunu kaybetmekten korkmasa, herkeslerin bildiği dirayetiyle o uğursuz kızı kapının önüne koyuverecekmiş ama yapmamış, fazla yüz de vermemiş. Ne garip olaylar değil mi, ne garip olaylar!

Evet, evet, tabii ki gördüm Hüseyin'i. Konuştum, ikna etmeye çalıştım, bizim Hüseyin gitmiş, yerine sert, suskun biri gelmişti sanki. Böyle yaparak herkesi üzüyorsun, anneni, Aysel'i, en çok da nişanlın Safiye'yi, ne günahı var onun diye dil döktüğüm halde hiç etkilenmedi, devamlı önüne baktı. Bari anlat dedim, kim bu kız, nerede buldun? Mülteci kampında dedi, Suriye'den kaçmış, bir de kör bebeği var. Zavallıya acımışsın belli ki dedim, zaten yufka yüreklisin, için parçalanmış besbelli, iyi ama her acıdığıyla evlenir mi insan, yardım et, çocuğunu tedavi ettir, ne istersen yap ama bu ne şimdi Hüseyin, bu ne? Nişanlını bırakmaya, aileni karşına almaya değer mi? Ben de çok üzülüyorum göçmenlere, zavallılar yerlerinden yurtlarından oldular, çadırlarda yaşıyorlar ama ne yapacaksın, herkesi kurtaramazsın ki, madem bu kıza gönlün ısındı, dediğim gibi yardımcı ol, hatta hepimiz olalım, iman sahibi bütün Müslümanlar sahip çıkalım kıza da yetimine de.

Bu sözüm üzerine başını kaldırdı, yüzüme uzun uzun baktı, öyle bir umutsuzluk vardı ki gözlerinde, acımadım desem yalan olur. Ben o zaman anlamıyorum tabii niye öyle baktığını çünkü bana söylememişti. Bütün Müslümanlar der demez sanki yüzüne büyük bir acı yerleşti. Ne oluyor be Hüseyin dedim, neden böyle ağlamaklı bakıyorsun? Haksız mıyım, hepimiz el ele veririz, kurtarırız kızı. Benim dükkânda oluyor bu konuşmalar, bir yandan da çay içiyoruz. Kurtarırız sözüm üzerine Hüseyin kalktı, kurtaramazsınız Mehmet dedi, boşuna uğraşma, kurtaramazsınız. Bu kadar hamiyetsiz miyiz yani dedim, hayır dedi, başka bir şey var. Ne olduğunu sordum söylemedi, ısrar ettim, sustu. Sonra beni sorular içinde bırakıp gitti, zaten ondan sonra da Hüseyin'i bir daha görmek kısmet olmadı.

Ben tabii hem üzülüyorum, hem de meraktan deli oluyorum. Kolay mı, çocukluktan beri hiç ayrılmadığım bir arkadaş ama aramızda sırlar var, benden sakladığı bir şeyler var. İki gün sonra Aysel'den öğreniyorum durumu, dükkânın önünden geçerken, Aysel diyorum, biraz vaktin var mı, konuşalım. İşte o zaman anlatıyor, ben başımdan kurşunla vurulmuş gibi oluyorum.

Aysel'in anlattığına göre, Hüseyin o kızı getirdikten sonra bir iki gün içinde annesi biraz yumuşamış, mecburen, ne yapsın kadıncağız, çaresiz, biraz zamana bırakalım falan demiş kızına, belki aklı başına gelir, hatta büyüyü bozdurmak için Tevhide Bacı'ya gideriz, nefesi kuvvetli hocalara dua okuturuz falan demiş; belki de kör olasıca üç harfliler çarptı çocuğumu diye avunmaya çalışmış. Ne bilsinler zavallıcıklar gerçekten böyle bir durum olduğunu, sanıyorlar ki Hüseyin, Müslüman bir Arap kızını alıp getirmiş. Neyse, kız mutfakta onlara yardım etmeye falan başlamış, hiç konuşmuyormuş, bir kere odasında bebeğe ninni söylediğini duymuşlar ama ne dilde olduğunu çıkaramamışlar; Arapça da değilmiş, Kürtçe de. Bu arada Hüseyin Safiye'ye gidip nişanı atmış, kavga etmişler, Safiye çok bağırıp çağırmış Hüseyin'e, şerefimi iki paralık ettin deyip parmağından çıkardığı yüzüğü kafasına fırlatmış ama bizimki oralı olmamış.

Biraz daha içersem şuracıkta sızacağım ama içmeden de anlatılmaz bu olanlar. Şimdi duyacaklarına daha çok şaşıracaksın, hadi, Hüseyin'in anısına.

Durumu merak eden akrabalar Adviye Hanım'ın evine gelmeye başlamış tabii. İçlerinde sevinen de var, hakikaten üzülen de ama hepsi de vah vah, niye böyle oldu ki, gelin hanım da hiç yüz vermiyor falan diye konuşurken kızın foyası ortaya çıkmasın mı! Bu da garip. Mutfakta Adviye Hanım, Aysel, yeni gelin Meleknaz yemek hazırlıyorlarmış. İçeride misafirler bekliyor, yemek çıkarmak lazım. Aysel dolaptan marul almış, salata için doğramaya başlamış. O sırada kız delirmiş, bir çığlık atarak fırlayıp çıkmış, hem de sadece mutfaktan değil, evden de kaçmış, bebeğini falan gözü görmeden kendini yalınayak başı kabak sokağa atmış. Ana kız hiçbir şey anlamamışlar bu işten, şaşırıp kalmışlar. Ne oldu da bu kız böyle dellendi diye şaşkın şaşkın birbirlerine bakarlarken misafirler de mutfağa gelmiş. Ne oldu demişler, kız şeytan görmüş gibi haykırarak çıkıp gitti, kavga mı ettiniz? Yok vallahi demiş Aysel, yeminle hiçbir şey olmadı, o börek hazırlıyordu, ben de salata yapıyordum, birden böyle oldu.

Herkes kafasını sallayıp merakla birbirine bakarken, Hüseyin'in amcası mutfağa göz gezdirmiş ve Aysel'in elinden bıraktığı yarı doğranmış marulu görmüş. Bunu mu doğruyordun evladım, diye sormuş. O da evet amca demiş, dolaptan çıkardım doğruyordum ki... Bunun üzerine amca gözlerini yummuş, "Euzu billahi mineşşeytanirracim" dedikten sonra, bakın demiş bu kız Yezidi. Aman Allahım, diye çığlık atmış herkes ve acele acele "Euzu billahi mineşşeytanirracim" diye tekrarlamaya, fatiha okumaya başlamış. Evi şeytandan temizlemek için üzerlikler yakıp tespih çekmeye, dua okuyup her kuytu köşeye üflemeye koyulmuşlar. Şimdi diyeceksin ki amca nerden anlamış? Ben de bilmiyordum vallahi ama bu Yezidilerin en çok korktukları şey marulmuş, bırak elle tutmayı ve yemeyi, adını anmak bile büyük günahmış. Yaaa öyle, ben de senin gibi şaşırdım önce, hiçbir anlam veremedim ama sorup soruşturunca büyükler bunun doğru olduğunu söylediler. Kimi diyor ki taptıkları şeytan marulun içinde saklanırmış, kimi diyor ki marul kelimesi kendi dillerinde tanrının ismini çağrıştırırmış. Bunları babam sana daha iyi anlatır, ne de olsa eski toprak. Zaten bütün bunlar olup bittikten sonra babam Hüseyin'i çağırdı, konuştu, nasihat etti, eski hocası ne de olsa.

Babamla mı? Elbette konuşursun, seni çok severdi biliyorsun ama şimdi uyuyor tabii, geç oldu, yarın gelirsin. Hatta daha iyisi bizde yat, gecenin bu vakti otele falan gitme, yengen misafir odasını hazırlar, hadi Allah aşkına kal, sabah kalkar bir kahvaltı yaparız, bunca yılın hasreti kolay çıkmaz İbrahim, hem yarın öğlen yengen meftune yapar, özlemişsindir.

# Marul tarlası

Çocukken birbirimizde gece yatısına çok kalmışlığımız vardır, yalnız biz değil gelen misafirler de yüklükten çıkarılıp yere serilen yataklarda uyurdu. O evlerin, eşyanın özel kokusu, geçmişten gelen ve sadakatsizliğimi ayıplayan bir uyarı mesajı gibi tekrar "önceki ben"e uçurdu beni. Gıcırdayan ahşap merdiven, sık sık kesilen elektrik yüzünden hep el altında tutulan gaz lambasının titrek alevi, namaz kılarken sırtına atladığım şefkatli babaannemin, "Semi allahu limen hamideh" diye sesini yükseltmesi, pembe pembe köpüren reçel kaynatıldığı günlerde eve yayılan hoş koku ve bütün bunları nasıl da unutmuşum sorusunun yarattığı tedirgin edici yabancılaşma duygusu... Yengen yatak sersin, sözüyle beni şaşırtmıştı Mehmet ama haklı olan oydu, ben değil. O kök salmıştı, ben rüzgârda savruluyordum; büyük şehrin yüzünü silerek birbirine benzettiği, kimliksiz kalmış milyonlarca insandan biriydim.

Çocukluğumda fazla otel motel yoktu buralarda, Mehmet de otuz yıldır görmediği bir "yabancı"ya bizde kal diye ısrar ediyordu ama ben kalmadım, hem arka arkaya devirdiğimiz kadehlerden, hem de duyduklarımdan sersemlemiş kafamın ve uyuşmuş bacaklarımın bir gece yürüyüşüne ihtiyacı vardı. Gerçi Mardin çocukluğumuzdaki kadar tehlikesiz, güvenli bir yer değildi artık ama yine de insan kendi şehrinde başına bir şey geleceğini düşünemiyor.

Issız sokaklarda yürüdüm, kuytu köşelerdeki köpekler başlarını kaldırıp baktılar ama benimle pek ilgilenmediler, birazdan sabah olacaktı, hikâyenin devamını merak ediyordum ama herhalde duygusal yoğunluktan olmalı, ne Mehmet'in devam edecek hali kalmıştı, ne de benim dinleyecek takatim. Yüzlerce yıllık taş medreseden bozma otelin lobisinde ürkütücü bir sessizlik vardı, ortalıkta kimse görünmüyordu. Odaya girer girmez kendimi yatağa attım, uyumadan önce, vay be Hüseyin, diye mırıldandım, vay be Hüseyin...

Sonra hemen sızmışım, gece rüyamda kendimi bir marul tarlasında gördüm, dev marulların içinden küçük yaratıklar fışkırıyordu. Adviye Teyze'nin üç harflileri.

## Kendi kanıyla sarhoş olmak

El öpenlerin çok olsun İbrahim, dedi Mehmet'in babası Fuat Amca ve devam etti, gel oğlum şöyle otur, senin bir mırraya ihtiyacın var gibi ama sade bir kahve de o işi görür. Gördüğün gibi iyiyim evladım, ihtiyarlık peşimden kovalıyor ama şikâyet edecek bir halim yok. İstanbul'da gazeteci olduğunu duyunca seninle çok iftihar ettim oğlum, bir kere de seni televizyonda, haber programında gördük, hatırlıyor musun o programı. Hani bizim burada bir düğün evini basıp çoluk çocuk, kadın erkek demeden kırk dört kişiyi öldürmüşlerdi ya, onun üstüne konuşuyordun. Ortalıkta bu katliamla ilgili pek çok rivayet vardı, kimi menfaat kavgası, kimi bozulan ortaklık falan diyordu, sana da, herhalde Mardinli olduğun için hep bunları soruyorlardı ama işin aslı başkaydı oğlum. Kıskançlıktan oldu hepsi, öldürülenlerden birinin hanımı, düğün evinden bir erkekle... Tövbe estağfurullah... Bu gözler çok kan gördü oğlum, çok zulüm gördü. Bu topraklar böyledir, kan hiç eksilmez, ölmeyince kan kesilmez, neden mi? Adet böyle oğlum, buralarda âdet böyle. Hele namus meselesi olunca, kimsenin aklına silahtan başka bir şey gelmiyor. Rahmetli komşumuzu hiç unutamadık, öz ağabeyi vurmuştu. Komşumuz Hasan çok çapkın bir adamdı, yakışıklı, yiğit, uzun boylu, fidan gibi. Dindar abisi ona çok kızdı, tehdit etti, günah, harama uçkur çözme diye; karısını sıkı sıkı tembihledi, bu adam gece gelmezse haber ver bana, dedi. Zavallı kadın da onu kızdırmamak için, Hasan eve gelmediği geceler kocasının ayakkabılarını evin kapısına koyardı ki, abisi onu evde sansın, bir kötülük yapmasın.

Of, of... Bütün bunlar fayda etmedi tabii, huylu huyundan vazgeçer mi? Hasan'ın yakın köyde bir kadınla ilişkisi varmış, ondan da ikiz çocukları doğmuş, Hasan sık sık oraya gidermiş. Bunu öğrenince abisinin kanı beynine fırlamış, kardeşini eve çağırmış, Hasan, kelimeyi şahadet getir, sonra kıble dışında üç yönden hangisine istersen dön, çünkü seni vuracağım, demiş, kıbleye sakın dönme, demiş, artık nasıl bir şey geçtiyse aklından. Kardeşini öldürmek günah değil, yüzünü Kâbe'ye dönmüş adamı öldürmek günah. Ve sahiden de vurmuş. Evet evet, öz kardeşini, başından vurmuş. Sonra köye gidip o kadını bulmuş, çocuklar bize emanet, sen bakamazsın, şimdilik alıp büyüteyim, seni de evlendireyim, sonra çocuklarını geri veririm diyerek ikiz bebekleri almış, kendi köyüne götürmüş, bebekleri boş bir kulübeye koyup üstüne üç kilit vurmuş. Bu kapıyı kim açarsa anında vururum, kimse yanaşmayacak demiş. Bebekler açlıktan susuzluktan sıcaktan ağlarmış ama hiç kimse gidip kapıyı açmaya cesaret edemezmiş. Günlerce bebek ağlaması dinlemiş köylüler, gözyaşı döke döke ama çaresiz kalmışlar. Ben de hayal meyal hatırlıyorum, o bebek ağlamaları arada sırada aklıma geliyor. Giderek hafifledi bu sesler, hafifledi, bebekler mecalsiz kalmıştı, hafifledi, hafifledi sonra sustu, işte böyle bir toprakta yaşıyoruz İbrahim, kan da eksilmez, zulüm de. Hüseyin'in başına gelenler de bundan.

O anlattığım adam var ya, karısını döverken çırılçıplak soyunur kadını da soyarmış. Neden, biliyor musun? Hemen akla gelebileceği gibi sapıklıktan değil. Kadının feryatlarını duyan kimse içeri girip onu rahat rahat dövmesine engel olmasın diye. Erkekler içeri adımını atamazmış, kadın çıplak diye, kadınlar da erkek çıplak diye giremezmiş. Şu şeytani aklı görüyor musun? Buna rağmen o kadın kocasına hizmette kusur etmez, hatta üzümleri bile tek tek kabuklarını soyarak ikram ederdi. Diyorum ya, bu topraklar acayiptir.

Harese nedir, bilir misin oğlum? Arapça eski bir kelimedir. Bildiğin hırs, haris, ihtiras, muhteris sözleri buradan türemiştir. Harese şudur evladım. Develere çöl gemileri derler bilirsin, bu mübarek hayvan üç hafta yemeden içmeden, aç susuz çölde yürür de yürür; o kadar dayanıklıdır yani. Ama bunların çölde çok sevdikleri bir diken vardır. Gördükleri yerde o dikeni koparır çiğnemeye başlarlar. Keskin diken devenin ağzında yaralar açar, o yaralardan kan akmaya başlar. Tuzlu kanın tadı dikeninkiyle karışınca bu, devenin daha çok hoşuna gider. Böylece yedikçe kanar, kanadıkça yer, bir türlü kendi kanına doyamaz ve engel olunmazsa kan kaybından ölür deve. Bunun adı haresedir. Demin de söyledim, hırs, ihtiras, haris gibi kelimeler buradan gelir. Bütün Ortadoğu'nun âdeti budur oğlum, tarih boyunca birbirini öldürür ama aslında kendini öldürdüğünü anlamaz. Kendi kanının tadından sarhoş olur.

Ne diyorsun, kulaklarım eskisi kadar işitmiyor artık, biraz yüksek sesle konuş. Evet, evet IŞİD denilen bela da bu işte. Kanlı toprakların, kanlı teşkilatı. Hüseyin'i de onlar vurdu zaten. Heyecanlanma, hepsini anlatacağım sana ama yavaş yavaş. Acele yok. Erişir menzili maksuda aheste giden, evladım. Mehmet'in arkadaşlarından kimi talihsiz çıktı, Raif gibi, Hüseyin gibi. Kimisi de senin gibi büyük adam oldu. Kader işte. Bütün Mardin iftihar ederiz seninle, Hüseyin'le de iftihar ediyorduk ama harese kurbanı oldu çocukçağız. Sen iyi ki İstanbul'a gidip kurtardın kendini evladım. Annen baban erken vefat etti, Allah hepsine gani gani rahmet eylesin, ama sen kendini yetiştirdin, büyük işler başardın.

Evet oğlum, neyi merak ettiğini biliyorum. Hüseyin'in başına bu işleri açan kızı öğrenmek istiyorsun. Yani Yezidileri, şeytana tapanları.

Bak oğlum, bir kere Yezidi sözünden başlayalım. Bu insanlar Yezidi değil Ezidi'dir. Altı bin yıllık bir dinleri vardır, Yahudilikten de öncedirler, Hıristiyanlıktan da, Müslümanlıktan da. Bu konuda bende çok ciddi kitaplar var ama Arapça yazı okuyabiliyor musun? Tahmin etmiştim, Mehmet de öyle. Sizin nesil pratik Arapça konuşuyor ama okuma yazma diliniz Türkçe. Neyse, sana anlatayım. Ezidiler, günde üç kere güneşe dönüp dua ederler, bazıları köklerinin eski güneş dinine dayandığını söylüyor. O kadar eski bir din ki herkes başlangıcını unutmuş. Bizim burada Süryani manastırları var ya, Deyrulzafaran'ın altında bir Güneş Tapınağı vardır, dört bin yıl önce yapılmış, oraya da dua etmeye giderler. Bunların inancına göre Tanrı ve yedi melek vardır. Başmelek de Melek Tavus'tur yani onların söyleyişiyle Tavuse Melek. Evet, tavuskuşu biçiminde bir melek, başmelek, Tanrı insanı yaratıp da ona secde etmesini istediği zaman bunu reddetmiş, ben ateşten yaratıldım, o topraktan; ona secde etmem, o bana secde etsin, dediği için cennetten kovulmuş, işte şeytan lafı buradan çıkıyor. Daha sonra gelen dinlerde şeytan da cennetten kovulduğu için Melek Tavus'un şeytan olduğunu sanmışlar. Bunları da şeytana tapar ilan etmişler. Oysa Melek Tavus cennetten kovulduktan sonra yaptıklarına pişman olmuş, yedi bin sene gözyaşı dökmüş, dünyadaki bütün ateşleri söndürüp bütün denizleri doldurmuş. Bunun üzerine de Tanrı yani Ezd onu affedip tekrar yanına almış, başmelek yapmış. Ezidilerin inancı böyle oğlum. Melek Tavus'u kutsal sayarlar, şeytan sözünü ağızlarına almazlar. Melek Tavus'un iyi mi kötü mü olduğunu sorarsan, hem iyi hem kötüdür cevabını alırsın, yani hem iyiliğin, hem kötülüğün meleği, iyi insanlardır ama şeytana taptıkları sanıldığı için tarih boyunca zulüm görmüşler, bir türlü iflah olmamışlardır, soyları azalmıştır, insanlık ağacının kırılmış dalıdır bu zavallılar. Kendileri de öyle söylerler zaten, "İnsanlık ağacının kırılmış dalıyız" derler. IŞİD geldikten sonra yeni bir katliam başladı. Onların köylerini bastılar, erkeklerini öldürdüler, kafalarını kestiler, yaktılar; kızları, genç kadınları alıp cariye yaptılar, tecavüz ettiler, çocuklarını da Ezidi düşmanı olarak yetiştirmeye başladılar. Çok zulüm oldu oğlum, çok. Kaçabilenler, mukaddes dağları Şengal'e kaçtı, sonra da sınırdan geçip Türkiye'ye girdi. Ayrı kamplarda kalırlar. Zavallılar, zavallı insanlar, çektiklerini görsen için hun olur.

Gelelim senin en çok merak ettiğin şeye, yani Hüseyin'e ve Meleknaz adlı o kıza. Hüseyin'i çağırdım buraya, konuştum, nasihat ettim. Bu Ezidi kızla evlenilemeyeceğini, bunun hem Müslümanlar, hem öteki dinler, hem de bizzat Ezidiler tarafından yasaklanmış olduğunu anlattım. Ama onlar çok iyi insanlar Fuat Amca dedi, yürekleri çok temiz; Meleknaz'ı görsen...

Biliyorum oğlum dedim, şeytana tapma hikâyesinin saçma olduğunu da biliyorum, iyi insanlar olduklarını da ama gelenek böyle, ben seni Mardin'den korumaya çalışıyorum, seni de o zavallı kızcağızı da, kör doğmuş bebesini de. Biliyorsun burada çok IŞİD'ci var, seni de kızı da yaşatmazlar. Şimdi diyeceksin ki onlar da Ezidi kızlarını kaçırıyor ama fark var oğlum, onlar binlerce yıllık geleneğe uyarak köle yapıyorlar o kızları, cariye olarak kullanıyorlar, esir pazarlarında satıyorlar, bazen bir paket sigaraya on yaşında Ezidi kızları satılıyor ama sen evlenmek istiyorsun, işte bunu kabul etmelerine imkân yok. Bir Müslüman ile bir Ezidi evlenemez, karı-koca olamaz; biliyorum saçma, çok saçma, ben de açık fikirli bir insanım bilirsin ama ne yapalım ki bu topraklarda inanç her şeyden önce gelir, batıl da olsa, yanlış da olsa, bu yolun sonu ölümdür Hüseyin, senin hocanım, gel bu sevdadan vazgeç dedim, diller döktüm ama ikna edemedim oğlum, ben o kızı kurtaracağım diyordu da başka bir şey demiyordu. Mecnun gibi olmuştu, o zaman kızı ben de merak ettim doğrusu; dini bütün bir Müslüman olan Hüseyin'in bu çılgınlıkları yapmasına sebep olan kız kimdi, nasıl bir kara sevdaya düşmüştü ki Hüseyin nişanlısını, annesini, bacısını, hocasını, bütün Mardin'i karşısına alıyordu. Nerde bu kız şimdi Hüseyin dedim, kayıp amca dedi, ben de onu arıyorum. Çocuğunu bile bırakıp kaçtı. Sonra bana hikâyeyi anlattı.

Marul Ezidilerde çok günahtır evladım, en büyük günahlardan biridir. Bu konuda da rivayet muhtelif, belki kendileri bile bilmiyordur işin aslını ama binlerce yıldır böyle. Hüseyin'in sabırsızlandığını, yerinde oturamadığını, bir an önce kalkıp kızı aramak istediğini görüyordum ama hocasına saygısızlık yapmak istemediği için kıvranıyordu. Ne kadar terbiyeli bir çocuk olduğunu hatırlarsın değil mi? Sonunda dayanamadı, hocam ver elini öpeyim, bana müsaade et gideyim dediği zaman, döktüğüm dillerin hiçbir işe yaramadığını anladım oğlum. Zavallı çocuk elimi öptü, kapıdan koşar gibi çıktı, kendisini bekleyen ölüm meleğine koştu.

# Kutsal Mezopotamya güneşi

"Aysel, belki sorularımla seni bunaltıyorum ama ne olur cevap ver. Hüseyin ne yaptı kız kaçınca?"

"Ne yapacak, deli gibi aradı durdu, bütün Mardin'i altüst etti."

"Sonra?"

"Bu olay şehirde o kadar dile düştü ki, IŞİD'ci bir grup Hüseyin'in yolunu kesip şeytanın kızını aramamasını, zaten kendilerinin de onun peşinde olduklarını, buldukları yerde öldüreceklerini söylemişler. Eğer kızı bulur da evlenmekte ısrar ederse ikisini birden vuracaklarmış."

"Anlattığın gibiyse durum, Hüseyin bu tehditlere de aldırmamış."

"İyi tahmin ettin, aldırmadı. Akıllı olduğu için de kızı onlardan önce buldu."

"Nereye kaçmış kız? Göçmen kampına mı?"

“Hayır, o kamp çok uzak. Yolculuğu göze alamazdı, parası da yoktu, bu yüzden Hüseyin onu kamplarda aramadı.”

“Nerede aradı peki?”

“Yezidiler için kutsal olan bir yere sığınacağını tahmin etti.”

“Yani?”

“Yani Güneş Tapınağı’na.”

“Deyrulzafaran manastırının altındaki tapınağa mı?”

“Evet, tam orası. Herhalde güneşin ya da şeytanın, her neyse işte, onu orada koruyacağını düşündü.”

Bu konuşmadan iki saat sonra, soluğu Mardin’e beş kilometre uzakta bulunan Deyrulzafaran manastırında alıyorum.

Biraz önce, gözlerine yansıyan şefkati hiçbir yaratıktan esirgemeyeceği izlenimi uyandıran kadim Süryani rahibi Gabriel’den buraya girmek için izin aldım. Beni bu mağaramsı, tuhaf yerde bir süre yalnız bırakma nezaketini de gösterdiler, daha doğrusu bu konudaki ricamı kabul ettiler. Güneş Tapınağı, dev kaya bloklarının birbirine dayanmasıyla ayakta duruyor, harç falan yok, başımın üstündeki tonlarca ağırlıktaki yekpare kaya blokları birbirini iterek, sıkışarak, kilit taşıyla duruyor orada, hem de yaklaşık dört bin yıldır. Bunu düşününce ürperiyorum. Er geç bir gün yıkılacak diyorum, bir gün yıkılacak, bir depremle belki. O soğuk, mahzen gibi karanlık tapınakta Meleknaz’a ait izler arıyorum. Acaba buraya nasıl geldi, neden geldi, burada hangi kayanın dibine çömeldi, şuraya mı? Ağlıyor muydu, bebeğini özlüyor muydu, yoksa günah korkusu her şeye baskın mı gelmişti? Son günlerde herkesten duyduğum Ezidiler hakkında bir şey bilmezdim ben, hatta onlara Yezidi derdim, şeytana taptıkları benim de kulağıma çalınmıştı ama pek aldırmamıştım. Allah'la ve şeytanla olan bağlarımı yıllar önce, deri değiştiren bir yılan gibi kıvrana kıvrana, zorlu bir süreç sonunda atmıştım. Bir de üniversitedeyken "Mahmud ile Yezida" adlı bir oyun izlemiştim, orada da Ezidi bir kız ile Müslüman bir erkek vardı. Oyunda Ezidilerin, çevrelerine bir daire çizilince oradan çıkamadıklarını görüp hayret etmiştim. Bunun bir fantezi olduğunu düşünmüştüm ama arkadaşlarım doğru olduğunu söylediler. Acaba IŞİD'ciler Meleknaz'ı yakaladıkları zaman çevresine bir daire çizmeyi mi düşünüyorlardı. Kız, kendi zihnindeki hapishaneye mi kilitlenecekti böylece? Her yeri taş olan Güneş Tapınağı'nı tam karanlıktan kurtaran tek şey, içeriye Mezopotamya güneşinin süzüldüğü küçük, dikdörtgen bir açıklık. Sabahın ilk ışığının, görmediğim tanımadığım bir genç kadının yüzüne vurduğu ve onu duaya davet ettiği gibi bir hayal beliriyor zihnimde. Sanki kızı gördüm. Bu yapılardaki mistik hava başımı döndürüyor, zaman ve mekân duygusunun kaybolduğu bu loş mahzende ben de, eskiden olduğum şey ne idiyse, ondan daha farklı bir varlığa dönüştüğümü duyumsuyorum. Dünyanın ömrü ile kendi ömrüm arasındaki orantısızlığın verdiği rahatsızlık, güneş çarpması gibi sersemletici bir etki yapıyor üzerimde.

Eğer 21. yüzyılın karmaşık bir metropolünden gelen ben, İbrahim, dijital çağa erişmiş ateist bir gazeteci bunları hissediyorsa, kim bilir eski zamanın söylenceler, efsaneler, hayaller dünyasında yaşayan insanlar üzerindeki etkisi nasıldı diye düşünmek başımı döndürüyor. Meleknaz'ı merak ediyorum, Hüseyin'den çok onu düşünüyorum galiba. Nasıl bir kız, neye benziyor, isyankâr mı, vahşi mi, zavallı mı, zeki mi, yoksa hepsi birden mi? Aysel'den aldığım albümde resmi olmadığı için yüzünü gözümün önüne getiremiyorum ama sanki, çok tuhaf ama, sanki kızın ruhunu bu karanlık tapınakta duyumsuyorum. Meleknaz diye birkaç kez fısıldamış olabilirim... galiba fısıldadım, emin değilim.

Sanki bir deneyim yaşıyorum orada, maddi dünyadan kopuyorum, böyle şeylere hiç de inanmadığım halde. Boş inançlar derdi basın yayın okulundaki hocam, boş inançlar sahiden boştur, gerçeği yansıtmazlar ama yine de insanlık bütün yaratısını, sanatını onlara borçludur. Maya zigguratlarının dört tarafının da merdiven olması nasıl bir saçma düşünceye dayanıyor bilir misiniz; vahşi ormanda yılandan korkan Mayalar bu sürüngeni kutsallaştırıyor ve günün her saatinde, güneş nerede olursa olsun yere yılan gölgesi düşmesi için piramidi bu şekilde yapıyor. Sonuç ne? Saçmasapan bir inançtan doğan müthiş bir estetik. Dünyadaki bütün tapınaklar, altarlar, piramitler gibi. Bu yüzden bazı şeyleri boş inanç diye küçümsemeyin, onlarsız insan kültürü olmazdı; ne mimari, ne müzik, ne edebiyat. Darwin başlangıçta, Tanrı'nın varlığını ispat etmek için Galapagos'a gitmişti, Faraday da bunu kanıtlamaya çalışıyordu.

Güneş Tapınağı'nda sırtımı kayaya vermiş otururken bu sözler geliyor aklıma ve ne yalan söyleyeyim gözüm Meleknaz'ı arıyor, ondan bir iz bulmaya çalışıyor, işin garibi buluyor da ama gözüm değil, elim. Önce karanlıkta elim yumuşak bir şeye değiyor, sonra kaldırıp baktığımda, o dar yarıkta yoğunlaşarak kutsallaştırıldığına inanılan hapsedilmiş güneş ışığı, bir mendili aydınlatıyor; incecik, beyaz, yumuşak, diğer mendiller gibi bir mendili. Tek farkı, köşesine işlenmiş kırmızı bir tavuskuşu olması, siyah-kırmızı bir Melek Tavus. Mendilden bir kadının kokusunu aldığımı sanıyorum ya da uyduruyorum bunu. Meleknaz'ın bir eşyası var artık bende, gözyaşlarıyla ıslanmış bir mendili. Elim, hayatta ilk kez, özenle işlenmiş bir Melek Tavus'a değiyor. Kötülüğün ve iyiliğin meleğine, pişmanlığın, af dilemenin gelmiş geçmiş en büyük kraliçesine, şeytan ile meleğin olağanüstü birleşimine, iyilik ve kötülük kavramlarının ötesine geçene. Gözyaşlarıyla okyanuslar dolduran Melek Tavus ile Meleknaz birleşiyor yavaş yavaş. Uzaklarda bir kadın, "İnsanlık ağacının kırılmış dalıyız biz" diyerek ağlıyor.

Galiba ben de ağlayacağım. Kendine gel İbrahim diyorum, kendine gel, saçmalama; bu şehre çökmüş olan masal havasına kendini kaptırma.

## Süryani Rahip Gabriel anlatıyor

İbrahim Bey, ziyaretiniz çok memnun etti bizi. Yazılarınızı okuyoruz elbette ve Mardin'den, böyle Türkiye çapında başarılı bir kardeşimiz yetiştiği için iftihar ediyoruz. Evet, dediğiniz doğru, bu bina yapılırken harcına, bu bölgede yetiştirilen safran karıştırılmış, bu yüzden safran sarısı bir manastır çıkmış ortaya. Sorunuz da haklı, gazeteci merakınızı anlıyorum; nasıl olur da kadim Süryani manastırı, Hıristiyanlığın en eski inancı, bir pagan tapınağının üstüne yapılır diye sormanız normal. Ama bunu bana değil, manastırı yapanlara soracaktınız. Aradan çok zaman geçmişti ve Güneş Tapınağı'nın bir anlamı kalmamıştı artık. Sanırım sebep buydu. Ne de olsa yeni bir yapıyız biz, çok yeni. Ancak 1600 yıllık tarihi var manastırın, altındaki tapınak ise 4000 yıl. Gülmeyin, ciddi söylüyorum, bu yörede 1600 yıl öncesi, dün sayılır. Kapıların üstündeki yazıları fark ettiniz mi, Süleyman'ın mezmurları onlar, Arami dilinde, yani bizim dilimiz Aramice yazılmış. Kutsal atalarımız inşa etmiş bu manastırı. Allah'ın inayeti onların üstüne olsun. Evet, evet. Allah diyoruz biz de Türkçe konuşurken. Aramicede ise Eli diyoruz. Zaten Eli, Eloi, İlah, Allah hepsi bir değil mi? Tek yaratıcımızın adları. Yüce İsa'nın çarmıhta söylediği son sözler mi? Evet Aramiceydi tabii. Hıristiyan tarihini biliyorsunuz demek. *Eli, eli lama sabakhtani?* Evet, yani dediğiniz gibi, *Tanrım, Tanrım beni niye terk ettin?* Bugün de manastırda aynı lisanı konuşuyoruz biz, yani İncil'in lisanını. Kalbinde ona inanç olduktan sonra ne farkı var, hepimiz onun kulları değil miyiz?

İşte şimdi zor bir şey sordunuz bana. Yezidiler, yaratıcımızın bu yüce isimlerinin hiçbirini kullanmıyor. Zaten ona inanmıyorlar bence. Melek Tavus'ları var. Allah onları bu sapkınlıktan kurtarsın evladım, çünkü günah içindeler. Evet evet, İslam gibi bizim dinimize göre de sapkınlar, Yahudilere göre de. Ama ne kadar gayret ederseniz edin, o kör inançlarından vazgeçmiyorlar. Tavuskuşuna tapılır mı hiç İbrahim Bey, siz aklı başında bir Müslümansınız, söyleyin Allah aşkına, ne biçim bir inanç bu? Yanlarında, hangi dinden olursa olsun şeytan adını ağzınıza alamazsınız, Satan diyemezsiniz. Yüce yaradan bir an önce doğru yola döndürsün onları diyeceğim ama çok inatçılar. Tarihin en çok soykırıma uğramış halkı onlar ama Nuh diyor peygamber demiyorlar. İnançları çok katı.

O Yezidi kızı merak ediyorsunuz demek, Meleknaz isimli o zavallı kızı. Niye merak ettiğinizi anlamadım ama anlatayım. Arkadaşlarımızdan biri, tapınağın oradan bir ağlama sesi duymuş, merak edip içeri girince de yere oturmuş ağlayan bir kız görmüş. Alıp buraya getirdi. Zavallı açtı susuzdu besbelli ve sürekli ağlıyordu. İlk başta dinini anlayamadık. Türkçe, Aramice konuştuk anlamadı ama Arapçayı anladı, Kürtçeyi de anladı. Adını sorduk Meleknaz dedi. Biz hangi dinden olursa olsun, manastırımızın kapısına gelen insanı geri çevirmeyiz İbrahim Bey. Biraz dinlensin diye onu bir odaya yerleştirdik, yiyecek, giyecek bir şeyler verdik. Uzun süre uyudu, ta ki rahmetli Hüseyin Bey pürtelaş gelip onu alana kadar. O bize her şeyi anlattı, kızın Yezidi olduğunu ama onunla nişanlandığını söyledi. Onu uyarmak bize düşmez tabii ama yine de bunun Müslümanlığa olduğu kadar Hıristiyanlığa da uymadığını söyledik, dinlemedi bizi, Meleknaz'ı alıp gitti. Daha sonra onları hiç görmedik. Hüseyin Bey'in vurulmasından, hastaneye yatmasından ve Amerika'daki feci sonundan haberimiz var elbette. Allah rahmet eylesin, o kadar iyi ve dürüst bir kardeşimiz, o sapkın inanca sahip olan kız yüzünden genç yaşta terk-i dünya eyledi, inanın ki çok üzüldük.

Çocukluk arkadaşınız olduğunu bilmiyordum, demek onun için geldiniz buraya. Acılı ailesine taziyelerimizi iletin lütfen. Allah sabır versin.

Kız yani Meleknaz... evet, zayıf, esmer bir kızdı, ince yüzünde kocaman gözleri çok dikkat çekiyordu, bir acayip pırıltıyla yanan gözlerdi onlar, bazen öfkeli, bazen nefret dolu, bazen meydan okuyan gözler. Nasıl desem, çok önemli bir sır taşıyor ama anlatmıyor gibi merak uyandıran bakışlar. Belki konuşsa, anlatsa daha az etkilenir insan, ne var ki bu suskunluk bakışlarını daha derin kılıyordu galiba. Kısacası kızı çözemedik biz ama o zayıf bedenin içinde çok güçlü bir ruh olduğu belli, hepimizi bu kadar etkilediğine göre. Gittikten sonra uzun süre unutamadık onu.

Hayır, şimdi nerede olduğuna dair en ufak bir fikrim yok. Güneş Tapınağı'nı mı görmek istiyorsunuz, elbette, bu kadar konuştuktan sonra görmemek olmaz zaten. Umarım güzel bir yazı çıkarırsınız buradan.

## Eski nişanlı

Ertesi gün başını siyah bir örtüyle kapatmış olan Aysel, merakın pençesinde kıvrandığı için acılı ailenin yas dönemine saygısızlık etme pahasına ısrarcı olan sersem gazetecinin yalvarmalarına dayanamıyor, beni alıp Hüseyin'in eski nişanlısı Safiyelerin konağına götürüyor. Diğer binalar gibi bu da yumuşak Mardin taşına nakışlar işlenerek yapılmış, oksitlenen taşın havayla temas ettikten sonra kızarmasıyla büyülü bir görünüme kavuşmuş. Kim bilir kaç kuşaktır güngörmüş, umur görmüş bir büyük ailenin konağı.

Bizi alt kattaki misafir salonunda kabul eden Safiye biraz etine dolgun olmasına rağmen, görür görmez, "Tanrım, ne kadar güzel" diye düşündüren kadınlardan. Güzelliği, sadece çöl gecesi gibi derin ve karanlık gözlerde arayan Ortadoğu'da, balıketli kadın daha makbuldür zaten, çenesinin altındaki küçük gıdısı çekiciliğini daha da artırıyor.

Aysel beni tanıttıktan sonra, önceleri üzgün ve kalbi kırık bir prenses gibi yakınan Safiye'nin, içinde kabaran öfke volkanının etkisiyle sertleşmeye başladığını görüyorum. Onurunun zedelenmiş olması, neredeyse, sevgiliden ayrılma acısını bastırır gibi. Güzel ve biçimli burnunun delikleri açılarak, "O senin abin olacak adam..." diye söz ediyor Hüseyin'den, adını ağzına almıyor. Kusura bakma Aysel ama o senin abin olacak adam nankörün, kıymet bilmezin, hasta ruhlunun biriydi, evet evet, gerçekten hasta ruhluydu. İnsan gidip de şeytana tapan paçavra, sümüklü bir kız yüzünden gül gibi hayatını bozar mı, gül gibi hayatını diyorum yahu; üstelik çocuklu, üstelik çocuğu kör, üstelik babası bile belli değil. Ne günah işledim de o abin olacak adam gibi bir vicdansıza çattım bilmiyorum ki. Babam başı yerde geziyor, anam ağlayıp duruyor, akrabalarımın kessen kanı akmayacak, ben de bu genç yaşımda reddedilen bir nişanlı durumuna düştüm. Seni severim Aysel, hem de çok severim, bilirsin ama kurban olduğum Allah, tez zamanda o abin olacak adamdan hesabını sorsun bunun. Hüseyin'den hayattaymış gibi söz etmeye başlaması bir an şaşırtıyor beni. Öyle bir belaya soksun ki başını, elâlemin namusuyla oynamanın ne demek olduğunu öğrensin.

Sonra ardı ardına beddualar sıralamaya başladı. Daha önce hiç duymadığım, işiteni dehşete düşüren, zengin bir beddua edebiyatı sökün etti. Bazılarını not etmeliyim diye düşündüm. Allah uyuz versin de tırnak vermesin, şeklindeki beddua favorim olarak başköşeye yerleşti. Allah uyuz versin de tırnak vermesin, ne demekti, ne korkunç bir işkenceydi kim bilir?

Safiye eski nişanlısından, hayattaymış gibi söz ediyor; Hüseyin uzaklarda can vermemiş, cenazesi oralardan getirilip köy mezarlığına gömülmemiş gibi. Demek ki bazı acıları ölüm bile unutturamıyor, bazı davranışlar ölümden sonra bile bağışlanmıyor diye düşünüyorum. O anda düşüncelerim Aysel'in ağzından dile geliyor. Safiyecim diyor, acını anlıyorum ama biz de acılıyız, Hüseyin Abim öldü artık, mevtanın arkasından böyle konuşma, biz de yaralıyız.

Bunun üzerine Safiye'nin gözlerinden saydam damlalar fışkırıyor birden, gamzelerinden aşağı süzülüyor, ben onu çok sevmiştim diyor, ben onu çok sevmiştim, çok çok sevdalanmıştım. Öldüğünü, yok olduğunu kabul edemiyorum bir türlü, şimdi Hüseyin yok mu artık, diye düşünüyorum, sonsuza kadar yok mu artık, vardı ama yok oldu, nasıl olabilir böyle bir şey? Kafam çok karışıyor, bir yandan da bana yaptığını da affedemiyorum.

Bu kızın kafasında öfke ile sevdanın, gurur ile aşağılanma duygusunun, intikam ile matemin dolaşık bir yün yumağı gibi iç içe geçtiğini görüyor, bir parça üzülüyorum.

Acaba diyor, ölümünde benim kargışlarımın da etkisi oldu mu diye düşünmeden edemiyorum. O kadar içten beddua ettim, kargışlar yolladım ki ona, Allah bana yaptıklarını sana misliyle çektirsin diye secdeye kapanıp öyle beddualar ettim ki sanki canımdan can koptu. Acaba ben mi öldürmüş oldum onu, bu da aklımdan çıkmıyor.

# Şiir

O akşamüstü Aysel'den ayrılırken, son anda, dur bir şey unuttum diyerek elime bir kâğıt tomarı tutuşturuyor. Nedir bu diyorum, Hüseyin'in o kıza yazdığı aşk şiirleri sanırım diyor. Şöyle bir bakıyorum, uzun uzun okumaya niyetim yok ama... Sanırım aşk şiirleri; kız bunu odasında bırakmış, annem ocağa at yak dedi, belki de büyüdür bunlar, olabilir de niye olmasın, o iblis tayfasından her şey beklenir. Tam ocağa atacaktım ki belki işine yarar diye sana vermeyi düşündüm, ister oku, ister at ama dikkat et, sen de büyülenme sakın.

Mektupları bana vermesinden ve "büyülenme sakın" derken dudaklarının kenarında beliren sevecen kıvrılıştan, bana yakınlık duyduğunu anlamak hoşuma gitti, oldum olası severdim bu badem gözlü kızı. Binlerce yıldır basıla basıla parlamış taşların üzerinde giderek uzaklaşmasını izledim. Başında siyah bir yas örtüsü, üzerinde mavi bir hırka ve omuzlarında, şairin dediği gibi keder, sonsuz bir keder.

Otele döndüğümde sert bir kahve yudumlarken kâğıtlara göz gezdirdim. Hüseyin'in el yazısı olmalıydı bu; düzgün, hafif, rika tarzı bir yazı, iyi ama sadece konuşma düzeyinde kalan Arapçamla bu yazıları anlamama olanak yoktu ki, ancak yarım yamalak bir şeyler sökebiliyordum, kimi zaman da yanlış okuyordum sözcükleri. Rika tarzı yazı bana daha da zor geliyordu. Neyse ki Mardin'deydim, Arapça bilen çoktu burada, hemen hemen herkes diyebilirim. İstanbul'da olsam Arapça yazı okuyabilen birini bulmam için üniversitelere ya da çeviri bürolarına başvurmam gerekirdi.

Neyse uzatmayayım, şiirleri anlamamı sağlayan ve inci gibi harflerle Latin alfabesine çeviren kişi, eli öpülesi Fuat Amca oldu. Zaten şiir meraklısı olduğu için, hiç yüksünmeden çevirip ertesi gün verdiği dizeler, gerçekten de şiir tadındaydı. Ne kadar çevrilebilirse tabii.

Çocukluk arkadaşımın elinden çıkmış şiirlerde neler yoktu ki!

İslamiyet öncesi ve sonrası binlerce yıllık Arap-Fars şiirinin aşk, garam, hasret, çöl, mecnun, kevser, mehtap gibi baharatlı kelimeleri; bin bir çiçekli, bin bir rayihalı Şark bahçelerinde dolaşıyormuş gibi etkiliyordu insanı. *"Şikâyet ettiğimi sanma sakın"* diyordu Hüseyin, *"Sevgilinin ayakları altında ezilen üzüm gibi / Lal renkli şaraba dönüştüm ben / Bu yüzden razıyım ezilmeye"*.

Bir başka şiiri şöyleydi: *"Daha üzüm asması yaratılmadan sarhoş olanım ben / Sen doğmadan önce aşkınla berduş olanım ben."*

Şiirlerde bol bol Cemşit, Callut, Zaloğlu Rüstem, Efrasiyab, Semiramis geçiyordu. *"Ey melek sıfatlım, seninle arama Callut dikilse / Aşkımın sapanıyla onu deviren*

*Davut olurdum"* diye sayıklıyor, sonra onu gördüğü anda, Belkıs'ın ayak bileklerine vurulan Süleyman misali aklını yitirmiş bir mecnun olduğunu söylüyordu. Bunları okuyan herhangi bir insanın etkilenmemesi mümkün olabilir miydi? Sanki, IŞİD'in elinden kurtulmuş, sığınmacı kampında yaşayan zavallı bir kıza değil de Saba Melikesi'ne yazılmış aşk mezmurlarıydı bunlar. Hüseyin'in yakıcı aşkının, bağrını yakan sevdanın nasıl bir şey olduğunu bilmek isterdim diye düşündüm. Acaba böyle aşklar, sadece Doğu'ya mı özgüydü, bir çeşit harese miydi bu da insanın kendini helak ettiği? Ah minel aşk sözü başka dile çevrilebilir miydi? Bu tutkusuz, birbirine benzemiş, kişilikleri silinmiş, çıkarların yönettiği kent insanları dünyasında, Hüseyin'in derin tutkusunu kıskandığımı hissettim. Bu dizeleri yazdıracak bir sevda nasıl bir şey olmalıydı ki sonunda onu kızgın çöllerdeki Mecnun misali ölüm vadisine sürüklemişti. Meleknaz bu şiirleri okuduğunda ne düşünmüş olabilirdi? Yalvaran bir âşık vardı karşısında. *"Sende Zaloğlu Rüstem kuvveti var"* diye sesleniyordu kıza, *"Bense zavallıyım, biçareyim / Güçlü olan sensin, zayıf olan ben / Çünkü sevda okuyla yaralanmışım"*.

O sefil çadırda yaşayan talihsiz kızın, bu dizeleri okuyunca kadınca bir gurura kapılmamasına olanak var mıydı hiç? Kurban, mabudeye dönüşmüştü. Arkasını koca Mezopotamya'ya dayamış olan Hüseyin'in kullandığı her isim, her imge, Meleknaz'ın kavmiyle ortak bir tarihe gönderme yapıyordu. O, Burak'ın içtiği rüzgârlar derken –ben olsam Rozinante derdim– ebedi sevgili hayalini Züleyha olarak adlandırırken –ben Dulcinea derdim– Belh, Buhara, Semerkand, Şiraz kentlerini sayarken –ben İstanbul, Paris, Roma, Londra derdim– kendimi, bu ülkeyi gezmeye gelmiş bir turist gibi duyumsayarak derin bir utanca kapıldığımı itiraf etmeliyim. Ben bu ülkede yıllardır bir yabancı gibi yaşamış, öyle eğitim görmüştüm. Çocukken Mardin'deki Lale Sineması'nda gördüğüm filmlerdeki kovboylar yerine koymuştum kendimi ama Avrupa'ya ilk çıkışımda kovboy değil Kızılderili, beyaz değil zenci olduğum kafama vurulmuştu. Birkaç yıl önce okuduğum, adı galiba *Mutluluk* olan bir romanda denildiği gibi: "Biz, bu ülkenin okuryazarları, boşluğa düşen bir trapezci gibiydik. Doğu askısını bırakmış, Batı askısını da yakalayamadan aşağı düşmüştük."

# Dünyanın öbür ucundan başka bir melek geliyor

Mardin'de cep telefonumu hep kapalı tuttum, olur olmaz yerde çalmasın, dıng dıng mesajlar çınlamasın diye. Her akşam kim aramış diye bakmaya karar vermiştim vermesine ama o masal âlemi beni öylesine içine çekmiş olmalı ki, geceleri otele döndüğümde, şarap mahmurluğundaki kafamla onu bile ihmal etmişim. "Kapsama alanı dışında" olmanın, "şu anda cevap veremiyor" otomatik yanıtları verilmesinin büyük bir suç sayıldığı İstanbul basın camiasında böyle bir şey düşünülemezdi. Buna rağmen ben "Gözden ırak olan gönülden de ırak olur" diye kendimi bir Mezopotamya uyuşukluğuna kaptırmayı yeğliyordum; ta ki o gece otel odamda sesi kapalı ama titreşime açık olan telefon kendini paralayarak zıplamaya başlayana kadar. Gece yarısından sonra böyle çalan bir telefona cevap vermemek ne mümkün, hele ekranda yazı işleri müdürünün adı görünüyorsa.

Telefonu açıp hırıltılı, yorgun ve mahmur bir şekilde alo der demez, yazı işleri müdürünün salvoları başladı. Neredeymişim yahu, kaç gündür bana ulaşmaya çalışıyorlarmış, mesajlara da mı bakmıyormuşum, genel yayın müdürü durmadan beni sorup duruyormuş, idare edene kadar akla karayı seçiyorlarmış falan filan.

Beni iyice ayıltan bu sözleri dinlerken bir yandan da vereceğim cevabı kafamda netleştiriyordum. Sonunda, tıkanmak üzere olan yazı işleri müdürünün mecburen bir nefes alması gerekince, fırsattan yararlanarak araya girdim; özür dileyerek çok ilginç bir konu üzerinde çalıştığımı söyleyebildim, içinde Suriyeli göçmenler, Ezidi kampları, IŞİD katliamı, tecavüzler olan bir konu. Müthiş ilgi uyandıracak bir hikâye yakaladığımı, hatta bunu bir yazı dizisi yapmak istediğimi ekledim. Tabii gazete yönetimi "uygun görürse" demeyi ihmal etmeden. Eğer bunu uygun görmüyorlarsa "yıllık iznimin bir bölümünü kullanarak" burada bir süre daha kalmak istiyordum.

"Ne izni birader!" dedi. "Tam da orada olman gereken bir zaman bu. Yarın bütün gazeteciler akın edecek oralara. Biz de sana yardımcı olsun diye fotoğrafçı gönderiyoruz."

Birden ne olduğunu şaşırdım, Hüseyin'in hikâyesi bu kadar mı ilgi çekmeye başlamıştı.

"Dünyadan haberin yok senin" dedi müdür. "Yarın Angelina Jolie geliyor o bölgeye. Birleşmiş Milletler İyi Niyet Elçisi olarak mülteci kamplarını ziyaret edecek. Dünya basını oraya akıyor, anlıyor musun?"

"Elbette" diye kekeledim, "demek Jolie geliyor ha! Ne inanılmaz bir fırsat bu."

Müdür, "Bak" dedi, "oralarda ne yaptığını bilmiyorum ama şans yüzüne güldü, hemen akreditasyonlarını falan tamamla, Jolie'nin mültecilerle güzel fotoğraflarını istiyoruz. Hakan'la elinizden geleni yapın, hele bir iki de laf koparabilirsen ağzından müthiş olur. Hadi bakalım, manşetlik haber yakaladın. Haaa, bir şey daha var, birkaç gün sadece su içsen ölmezsin değil mi, sadece birkaç gün."

Şak diye kapandı telefon suratıma, çok kızdıkları belli oluyordu. Gazete için ulaşılamayan gazeteci ya ölü olurdu ya da kovulmayı göze alan biri.

Ekrana göz gezdirdim ki felaket! Cevapsız aramalarla dolu. Eski karımdan sekiz telefon, gazeteden daha da fazla, birkaç arkadaş vs., whatsApp, viber, SMS mesajları, *where R U* diye yazan genç bir flört ve bir sürü emoji: Hayret eden sarı suratlar, üzgün sarı suratlar, gülen sarı suratlar, kızgın kırmızı suratlar, sanki kan pompalıyormuş gibi tık tık atan kalpler... Bunların hepsi bana, uzaydan gönderilen sinyaller gibi gelmeye başlamıştı. Dört bin yıllık Güneş Tapınağı'yla ne ilgisi vardı bu sembollerin. Belki de benim anlayamadığım derin bir ilgi mevcuttu ama benim kafam almıyordu. Emoji bölümünde tavuskuşu var mıydı acaba? Aradım, bir şey buldum ama o kafayla o minicik nesnenin hindi mi tavuskuşu mu olduğunu anlayamadım. Hindiyi tavuskuşu sanmak, büyük bir günah olurdu herhalde; ne de olsa biri hayvandı, biri melek. Meleknaz'ın mendilini yastığımın yanına koydum, telefonun ses düğmesini açtım, kendimi bu kez uyku meleğinin kollarına bıraktım. Uyumadan önceki son düşüncemin, ertesi gün Mehmet'i araya koyarak validen bir izin almak olduğunu hatırlıyorum.

Kadın gerçekten güzel. Kimselere benzemeyen saydam cildi, kocaman gözleri ve çıkık elmacık kemikleriyle "Ben başkayım" diyor sanki, "ben herkesten başkayım." Gazeteci kalabalığı arasından göçmen çadırlarına doğru yürüyor, bütün gözler üzerinde. Başını siyah bir şalla örtmüş, yüzünde ciddi bir anlatım, matem havasında değil ama yine de ciddi.

Suriye göçmenleri ona dokunmak için ellerini uzatıyor, o da hepsine dokunuyor, bir meleğin dokunuşu gibi. Perişan durumdaki göçmenlerin ona fazla yaklaşmasını istemeyen güvenlik görevlilerini bir el hareketiyle durduruyor, dokunmayın demek istiyor. Çocukların başını okşarken gülümsüyor.

Derken karşı karşıya geliyoruz. Angelina Jolie nemli parlak gözleriyle bakıyor bana. Hepimiz büyüleniyoruz.

Ona bir mendil uzatıyorum, köşesine siyah ve kırmızı iplikle Melek Tavus işlenmiş bir mendil. Alıp bakıyor, soru sorar gibi bakıyor bana. O mendilin bir Ezidi kadına ait olduğunu anlatıyorum, belki de kendi elleriyle işlemiştir Melek Tavus'u diyorum, Ezidilerin meleği bu, herkesin inandığı gibi şeytan değil. Ne olur beni dinleyin, bana inanın, şeytanın çocukları değil bu insanlar, güneşin çocukları, üç dağın çocukları, kelamın çocukları. Kutsal kitapları Mushaf-ı Reş yani Kara Kitap kayıp olduğu için artık sadece sözler var ellerinde, soydan soya aktardıkları sözler. Bu sözler kutsal onlar için. Bu yüzden kelamın çocukları, sözün çocukları deniyor ya onlara. Zulüm gördüler, soyları kurumak üzere. Bu mendili işleyen kızın kör doğmuş bir bebeği var. Sizin çok merhametli olduğunuzu biliyoruz, bütün dünya biliyor, onca çocuğu evlat edindiniz. Bence bu kör çocuğu da alın, gözlerini açtırın, şimdi kayıp olan annesini de buluruz, ben de onu arıyorum zaten. Onun adı da Melek, sizinki de. Ne garip değil mi, Melek Tavus'un çocuklarını kurtarmak için bir başka melek geliyor, Angelina adlı melekçik çıkageliyor.

O zaman anlamadığım bir şey oluyor. Angelina Jolie'nin yüzü Melek Tavus'a dönüşüyor, ben zaten annesiyim onun diyor, o bebeği zaten ben doğurdum. Salak mısın sen, iki gözü kör doğdu ki bu dünyada Ezidilere yapılan kötülükleri, zulümleri görmesin, dağda boğazları kavrularak susuzluktan ölen bebeleri, IŞİD'in kaçırıp köle pazarında sattığı, on militan tecavüz edince Müslüman olursun, sevaba girersin diyerek rahimlerini paramparça ettikleri kız çocuklarını görmesin, Tanrı'nın diyarından alıp dünyaya indirdiğim insan soyunun vahşetine tanık olmasın. Bu dünyada olup biten her şeyi anladığını mı sanıyorsun? Senin kalbin meleklere kapalı. Git burdan zavallı insanoğlu!

# Melek Jolie

Ertesi gün hiçbir şey rüyamdaki gibi olmuyor. Angelina Jolie'yi getiren özel jet akşam saat 20.00'de ıssız tarlaların arasındaki Mardin Havaalanı'na iniyor. Vali yardımcısı ve resmi bir heyet karşılıyor onu ve yanındaki Birleşmiş Milletler temsilcilerini. Gazetecilerin yaklaşmasına izin verilmiyor, bir polis kordonunun arkasında herkes birbirinin sırtına çıkarak bir kare fotoğraf alabilmek için çırpınıyor.

Heyet Angelina Jolie'yi resmi siyah araba konvoyu arasında saklayarak o anda bilmediğimiz –daha sonra Mardin dışında Dara harabeleri yolundaki Hilton Garden Inn olduğunu öğreneceğimiz– bir yöne doğru hızla uzaklaşıyorlar. Foto muhabiri Hakan'la birlikte durumu öğrenince otele doğru gidiyoruz ama uzaktan ancak girişindeki fıskiyeyi görebildiğimiz otelin çevresi sarılmış, yollar kesilmiş, yalnız bizi değil hiç kimseyi sokmuyorlar. Hakan'ın boynuna asılı bazuka gibi objektifler bile işe yaramıyor. Oteli gören uzak bir yerden resim çekme girişimlerimiz boşa çıkıyor.

Aman be Hakan diyorum, ne yapıyoruz burada böyle, belli ki kadını göstermeyecekler bize, bulunmaz Hint kumaşı sanki mübarek, o da bizim gibi bir insan yahu, melek değil, tanrıça değil, nedir bu kadar çıldırma. Kadın şu anda tuvalete girmiştir büyük bir ihtimalle, duş yapacak, bornozuna sarınarak hafif bir şeyler yiyecek odasında, sonra da güzel bir uyku çekecek, biz zavallılar da burada birbirimizi ezerek sürünüp duracağız.

Hakan, ama abi, gazete bir kare resim ister en azından, nasıl olacak bu iş, diye itiraz ediyor. Eğer diyorum, diğer gazetelerde resim varsa bizim atlamamız iyi olmaz tabii, bir soruştur bakalım kimse çekebilmiş mi? Olmazsa internetten bir yerlerde çekilmiş resmini indirir, montajlayıp göndeririz, kadın nasıl olsa Afganistan, Pakistan demeden dolaşıp duruyor kamplarda.

Onca kalabalık, onca didinme sinirimi bozmuştu, hiçbir şeyden haberi olmayan iyi niyetli kadıncağıza söylenip duruyordum çünkü beni bir rüyadan uyandırmış, modern dünyaya, gazetecilik mesleğine geri döndürmüştü. Oysa ben meleğin atmosferinden çıkmak istemiyordum. Beni bu *angel* değil, kayıplara karışmış olan öteki melek ilgilendiriyordu. Ayrıca Jolie'ye gerçekten kızıyordum galiba; ışıltılı Hollywood dünyasından gelip kamplara bir saat uğramak, orada kalanların acılarını artırmaktan başka ne işe yarayabilirdi ki? Görüşme fırsatı bulabilseydim, bu insanların hepsi sizin politikalarınız yüzünden burada derdim ona, daha doğrusu sizin değil de devletlerinizin, ne hakkınız vardı savaş uçaklarınızla, askerlerinizle, uçak gemilerinizle okyanus aşarak bu insanların ülkesini yakıp yıkmaya, zaten kanayan Ortadoğu topraklarını daha da kanatmaya, kitle imha silahları var yalanıyla dünyayı kandırarak, milyonlarca insanın evini başına yıkmaya, bizim topraklarımızı terör belasına boğmaya! BM bunun için mi kuruldu?

Kadıncağız bütün bunlardan sorumlu değildi elbette, politikaları o saptamıyordu ama acılarını hafifletmek için geldiği insanların ızdırabını daha da çok artırdığını da fark etmiyordu. Paçavralar içindeki aç, üşümüş, umutsuz mülteciler, aralarındaki uçurumu görüyordu. Başka bir hayatın mümkün olduğunu hatırlatan bu simge, daha fazla umutsuzluğa düşmelerinden, daha fazla acı çekmelerinden başka bir işe yaramıyordu. Çünkü o özel uçağına binerek pırıltılı hayatına uçarken, mülteciler çadırdaki sobadan zehirlenen çocuklarını çamurlu toprağa gömmeye devam ediyorlardı.

İki yıl önce, polis işkencesinden geçmiş bir öğrenciyle söyleşi yapmıştım. Çocuğu bir mahzene kapatmış ve sakat kalana kadar günlerce işkence yapmışlardı. Ne var ki onun aklı, o mahzende asılı bir kafeste tutulan kanaryaya takılmıştı. Nefret ettim o kanaryadan diye anlatmıştı bana, o güzel ötüşüyle bana dış dünyayı, baharı, sarmaş dolaş gezinen sevgilileri hatırlatıyor, özgürlüğü aklıma getirmesi canımı daha çok yakıyordu. Nefret ediyordum o güzellik simgesi kanaryadan çünkü o mahzende güzelliğe yer yoktu. Şimdi düşünüyorum da belki Jolie bir kanaryaydı; tavus değil kanarya kılığına girmiş bir melek.

Otele dönüp haberleri geçtik, Jolie'nin nasıl karşılandığını anlattık, Hakan da foto muhabiri dayanışmasının göz yaşartıcı bir örneği olarak, Jolie'yi uçaktan inerken çekebilmiş olan başka bir foto muhabirinden bir kare resim alabildi. Böylece günü kurtardık.

Akşam Mehmet'in konukseverliğini bir kez daha gösterdiği yemekte (yenge hanım bu sefer çocukluğumdan beri yemediğim kırmızı erikli incasiye yapmıştı, müthiş bir lezzetti doğrusu), ondan, valiyle konuşarak ertesi gün bize bir kolaylık sağlamasını istedim. Sağ olsun kırmadı, akşam saatinde valiyi bulamadı ama özel kalem müdürünü aradı ve ondan, ertesi gün Angelina Jolie ile yanındaki yetkililerin Midyat'taki bir göçmen kampına gideceği bilgisini aldı. Biz daha önce orada olacaktık elbette.

# Boşanma coşkusu

Ertesi sabah erkenden karım Aslı'nın telefonuyla uyandım, neredesin kaç gündür, diye bağıran sinirli sesi beni saatin alarmından önce kendime getirdi. Sabah sabah cırlak bir sesle bağıran kadın sinir bozucudur, kim bilir sizin de gözünüzün önüne nasıl bir kadın geldi şimdi ama aslında karımın, daha doğrusu eski karımın güzel olduğunu saklayacak değilim. 21. yüzyılda büyük şehirlerimizi kuşatan benzerleri gibi uzun bacaklı, bakımlı kumral saçlı, giyimine özen gösteren çok hoş bir kadındır ve bütün güzel kadınlar gibi korkutucudur, tedirgin edicidir çünkü çocukluğundan beri ne kadar güzel olduğunu duyarak büyümüş bütün alımlı kızlar gibi, okul yıllarında, güzelliği karşısında afallayan ergen oğlanları parmağının ucunda oynatmayı öğrenmiştir. Güzelliğin ve cinselliğin çok önemli bir silah olduğunu kavrayan bir komutan gibi düzenlemiştir hayatını. Annelerimizin kuşağında bulunmayan bir üstünlük duygusuna sahiptir erkekler karşısında; kimseye sevdalanmaz, kendisine âşık olunmasını bekler. Hizmet etmez, hizmet edilmesini bekler, erkeğin ona kapı açmasını, iltifat etmesini, pahalı hediyeler almasını bekler, övülmeyi bekler, arkadaş toplantılarında ikisinin de bildiği bir hikâyeyi kendi anlatır ve kocasının susmasını ister. Kısacası bu İslam ülkesinde yüzyıllarca ezilmiş hemcinslerinin intikamını tek bir hayatta almak istercesine pusuda bekler. Güzel kadınlarla giriştiğim her deneme düş kırıklığıyla bittiği için artık bu genellemeyi rahatça yapıyorum. Melek yüzlü ama şeytan gönüllü kadınlar görmeye alıştım artık ben, güzel kadın gördüm mü aklıma kötülük gelmesi bundandır. Gökdelenlerin, plazaların, modern işyerlerinin, alışveriş merkezlerindeki uluslararası lüks markaların, yabancı isimli lokantaların yüksek topuklu kadınları bunlar. Sıkı içki içen, her cümlenin yarısını Amerikan aksanıyla İngilizce söyleyen, iyi eğitimli, mis gibi kokan kadınlar; bakire olmayı ya da ilk deneyimi kiminle yaptığını zerre kadar umursamayan kadınlar. (Böyle bir sevgili beni terk ederken, ilk erkeğini unutmazsın herhalde dediğimde yüzüme gülmüş, ortaçağda mı yaşıyoruz beyefendi, diye alay etmişti. Oysa ben, Çinlilerin "kadın ilk, erkek ise son aşkını unutamaz" sözüyle avutmaya çalışıyordum kendimi. Sanılanın tersine, erkekler romantizmin kadife yastığına daha çok yaslanma gereksinimi içindeler artık.)

Aslı, ne telefona cevap veriyorsun, ne geri arıyorsun, her zamanki sorumsuzluğun işte, işim gücüm kalmadı da senin peşinden mi koşacağım yahu, biraz medeni ol, medeni diye bağırıyordu. Hiç ses çıkarmadan dinledim, bıraktım içini iyice boşaltsın, rahatlasın. Çünkü o böyle tükürsen cızırdayacak kadar kızmış durumdayken söyleyeceğim hiçbir sözü duymayacağını, hatta bunların onu daha da sinirlendirmekten başka bir işe yaramayacağını önceki deneylerimden biliyordum.

O konuşadursun, aklıma çok hoş bir anı geldi. En güzel, en ateşli sevişmemizi boşandıktan sonra yaşadığımızı hatırladım. Henüz bir yıl olmamıştı evleneli ama ikimiz de özgür kalmak istiyorduk, evlilik hayatı bir karabasan gibi boğuyordu ikimizi de. Bu yüzden mahkemede iki tarafın avukatı da "şiddetli geçimsizlik" gerekçesiyle, anlaşarak ayrılmak istediğimizi söyledi. Hâkim bir iki babacan nasihatten sonra bizi ayırdığında bir mayıs gününün öğle saatleriydi. Karı-koca olarak girdiğimiz adliye binasından, iki bekâr –iki dul– olarak çıktığımızda, ılık bir bahar güneşi ısıtıyordu ortalığı, içimde bir hafifleme duygusu vardı, neşeliydim, Aslı'nın da aynı durumda olduğunu görüyordum. Onu bir veda yemeğine davet ettim. Küçük, hoş bir İtalyan lokantasında kırmızı şarap içerek Akdeniz usulü bir öğle yemeği yedik, bol bol güldük; safralarını atarak yükselen iki balon gibiydik desem yeridir.

Sonra ne oldu bilmiyorum, lokantadan çıkıp –ona bıraktığım– eve gittik, eşyalarımı almış olduğum ve artık görmeyeceğim bu evde, kendimizi sabırsızlıkla yatağa attık, daha önce hiç yaşamadığımız bir tutkuyla, arzuyla birbirimizin gövdesinden alınacak hazzın en yüksek noktalarına yükseldik, uçtuk, dağ doruklarına tırmandık, o doruklardan kendimizi boşluğa fırlattık, deniz diplerine dalıp çıktık, gökkuşağının altından geçtik.

Üstelik avukatın telefonlarına da çıkmıyorsun diye bağırıyordu Aslı, yeni İstanbul lisanıyla ekliyordu: Hayret bişeysin yaa!

Bu yeni argo, bende cehalet duygusu uyandırır. Bu kadar güzel kızların niye kendilerini bu duruma düşürdüklerini –kendilerinden ve hemcinslerinden niye bayan diye söz ettiklerini– anlayamam, ister istemez küçümserim. Vaktin geldiğine karar vererek, sevgilim dedim ama demez olaydım, hemen en yırtıcı tavrıyla, ben senin sevgilin falan değilim, bunu aklına koy sersem dedi, senden istediğim tek şey, söz verdiğin gibi evin tapusunu devretmek için o son imzayı atman. Bu kadar mı zor bu iş yahu, ne biçim insansın!

Sevişirken iç içe geçen, solukları karışan, birbirine en yakın hale gelen insanların, sonradan bu kadar yabancılaşmasına, hatta can yakmaya çalışmasına hep hayret etmişimdir. Önce en büyük haz, sonra en büyük can yakma, ne tuhaf.

Tamam dedim, kusura bakma, Mardin'e gönderildim, önemli bir haber üzerindeyim, döner dönmez ilk işim o imzayı atmak olacak. Bir an sustu, kuşkulu bir sesle, söz mü diye sordu, söz dedim. Yemin eder misin dedi, senin üstüne yemin ederim dedim (içimden biraz serserilik yapmak geliyordu sanırım). Soytarılık yapma dedi, yapmıyorum dedim, o son sevişmemiz üstüne yemin ederim ki, döner dönmez ilk işim bu olacak. Ben unuttum bile onu dedi, sen hayal etmeye devam et, avcunu yalarsın artık. Niye bu kadar acele ediyorsun, yoksa yeni bir evlilik falan mı diye sorma gafletinde bulundum ve bir araba laf yedim. Bana neymiş, ben kim oluyormuşum da onun hayatına karışıyormuşum, onun hayatındaki insanlardan bana neymiş falan filan.

Telefonu sakince kapattım. Ben ona kızgın değildim ama anlaşılan o hâlâ bana çok kızıyordu. Ne var ki İstanbul'dayken ben de kızıyordum ona. Şu anda içine girdiğim durgun, ilgisiz, ağır ağır akan bir su gibi dingin oluşum Mardin'le, Hüseyin'in kaderiyle, Meleknaz kızla, üç milyon mültecinin yaşadığı dramla ilgiliydi.

İstanbul'daki hayatım o kadar uzaktaydı ki artık, bir dürbünün ters yanından bakıyormuşum gibi minicik kalmıştı. Mardin'de zaman ters akıyor, mekân ise bütün hücrelerime sızıyordu. Meleknaz'ı merak ediyordum, nerede olduğunu bulmak, resmini bile görmediğim bu melek-şeytan karışımı kızın kimsenin tanımlamayı başaramadığı gözlerine bakmak istiyordum. Ne tuhaf bir görünüşü –ya da karakteri– olmalıydı bu kızın ki, her göreni cin çarpmışa çeviriyordu. Hüseyin'in Mehmet'e anlattığına göre, kamptan çıkıp Adviye Hanım'ın evine giderken Hüseyin kıza yalvarmış, Ezidi olduğunu söyleme diye, ne olur demiş, bizimkiler Ezidiliği yanlış biliyor, eğer öğrenirlerse büyük felaket olur; hatırım için Müslümanım deyiver. Konuşmanın burasında sormuştum Mehmet'e, peki kızla hangi dilde konuşuyorlarmış diye. Aslında kız biraz Türkçe biliyormuş, Arapça ve Kürtçe ise anadilleriymiş, Hüseyin de Arapça bildiği için rahat konuşuyorlarmış. Mardin'de aile arasında hep Arapça konuşulur –ben şimdi biraz unutmuş olsam bile– hepimiz bu dili akıcı biçimde konuşabiliyorduk. Hüseyin'in yalvarıp yakarması işe yaramamış, Meleknaz Nuh demiş peygamber dememiş, ben dinimi inkâr edemem, ayrıca Ezidilikte en büyük günah yalan söylemektir demiş; beni şuracıkta kesip kanımı akıtsan yalan söyleyemem. O zaman şöyle bir yol bulmuşlar; kız, eve gidince dini hakkında hiçbir şey söylemeyecekmiş, kimsenin aklına Suriye'den gelen Meleknaz isimli bir kıza Müslüman mısın, diye sormak gelmezmiş nasıl olsa. Böylece Meleknaz yalan söylemeyecek, aile de durumu bilmeyecekmiş ama ah o marul, diyormuş Hüseyin, ah o marul, bir yeşilliğin hayatımı böylesine altüst edeceğini nasıl bilebilirdim.

Kız söz verdiği gibi susmuş, hiçbir şey söylememiş, taşta ses var Meleknaz'da yokmuş; marul felaketine kadar. Adviye Hanım ile Aysel bile yavaş yavaş alışıyormuş bu garip, tedirgin edici kızın sessiz varlığına. Hiç konuşmayan ama arada bir çocuğuna anlaşılmayan bir dilde ninniler söyleyen, zararsız, neredeyse hiç denilecek kadar az yemek yiyen bir kız. Kör bebeğiyle üst katta arka avluya bakan odalardan birinde kalıyorlarmış, Hüseyin ise eskisi gibi kendi odasındaymış, bu bakımdan bir günah falan söz konusu değilmiş o çatı altında. Zaten Adviye Hanım Teyze, güneşin batıdan doğacağına, Fırat'ın ters akacağına inanır da Hüseyin'in bir "ahlaksızlık" yapacağına inanmazmış.

# Kelamın çocukları

Ertesi gün Angelina Jolie'nin kampları ziyareti, biz gazeteciler açısından bir gün öncesi gibi geçti yani tam anlamıyla bir hayal kırıklığı oldu. Güvenlik koridorunu aşıp Jolie'ye ulaşamadık, yine uzaktan gördük kadını ama Hakan bazukamsı objektifleriyle birkaç güzel fotoğraf alabildi. Eh buna da şükür dedik. Zaten benim ilgimi Jolie'den çok mülteciler çekiyordu.

Jolie'nin benim açımdan önemi, sadece adının "melek" olmasının yarattığı tuhaf rastlantıydı. Kendimi aklı başında bir adam sayarım ama böyle rastlantılarda içimizi kıpırdatan bir metafizik yan bulmanın çekiciliğine zaman zaman karşı koymam güç olur. Bence bütün insanlarda vardır bu. Sanki varoluşumuz, yaşamımız birtakım anlamsız, saçma sapan rastlantılara bağlı değil de daha derin ve kavrayamadığımız bir anlamı varmış gibi duyumsarız ve itiraf etmesek bile herkesin hoşuna gider. Benim için de bir sürü meleğin yan yana gelmesi hoş bir oyun halini aldı. Ama aklım ve merakım yavaş yavaş çocukluk arkadaşım Hüseyin'den Meleknaz'a doğru kayıyordu. Angelina Jolie'yi ise, mit yaratmadan yaşayamayan ama bu teknoloji çağında mitolojisiz kalmış modern insanın, maceralarını izlediği yeni bir Olympos tanrıçası olarak görüyordum. Daha doğrusu kendisini değil de imgesini.

Artık insanların Gılgamış'ı, Enkidu'su, Hera'sı, Afrodit'i yok, onların yerine hip hop, futbol, müzik ve sinema tanrıçaları var. Tanrılar ve tanrıçalar gibi onların aşk, evlenme, boşanma, kavga, kıskançlık, cinayet maceralarını izliyorlar. Angelina Jolie de Efes tanrıçası Artemis gibi. Gerçi Artemis'in onlarca memesi vardı, Jolie ise zaten iki tane olan memesini –haklı nedenlerle– aldırdı ama olsun, o yine de bir tanrıça. Zaten onca çabaya rağmen yanına yaklaşamamamızdan da belli değil mi durum? Tanrıların ve tanrıçaların sadece imgeleri görülebilir.

Vali yardımcısından aldığımız izin sayesinde, resmi heyetler oyuncuyla birlikte kamplardan ayrıldıktan sonra da orada kalma, mültecilerle konuşma olanağı bulabildik. Yüzlerce çadır yan yana dizilmişti, önlerinde kirli yüzlü çocuklar, çamur içinde, sanki bu zorlu işler onların başına gelmemiş gibi çocukça gülümsemelerle, çocukça oyunlar oynuyorlardı.

Bir çadıra girdiğimde, zaman daha da gerilere kaydı sanki. Ömrüm boyunca görmediğim kadar hüzünlü bakan gözler dikildi üzerime. Ama ne gözler. Sanki bakan kişinin gözlerinden, kuşaklar boyunca tarihte uğradıkları onca soykırımı, onca acıyı yaşamış yüz binlerce Ezidi bakıyor gibi. Yaşlılar genellikle suskun. Yüzleri Lâleş topoğrafyasını andıran kır bıyıklı –bıyıklarını hiç kesmemiş gibi görünen– adamlar, bir ayaklarını altlarına almış, tam Doğu usulü oturdukları yerden pek az kıpırdıyorlar. Saçları kısa kesilmiş genç bir kız, öne arkaya sallanıp duruyor, anlamsız bir şeyler mırıldanıyor, zaten gözlerinde de bir anlam yok. (Daha sonra, IŞİD baskını sırasında bu genç kızın, başına önce dipçikle, sonra taşla vurulduğu için akli dengesini yitirdiğini öğreneceğim.) Genç kadınlar çadırların önünde plastik leğenlerde çamaşır yıkıyor. Sarı, yeşil, turuncu, pembe, her renkte leğen var ama koyu mavi yok. Bu renk kutsal olduğu için gündelik yaşamda kullanmak da günahmış Ezidilikte. Ne de çok günah saydığı şeyi varmış bu inancın diye düşünüyorum. Garipsiyorum önce, sonra bizdekiler aklıma geliyor: gece tırnak kesmemek, aynaları ters asmak ya da aynanın üstüne tülbent örtmek, pis bir sudan geçerken destur demek; cumartesileri çamaşır yıkamamak gibi manasız inanışlar, yolcunun arkasından ev süpürmemek, sokağa sol ayakla adım atmamak, yemeği sol elle yememek, bazı bölgelerde peygamberin sevgili torunu Hüseyin'in başını Kerbela'da kesip ayaklarıyla yuvarladıkları için futbol oynamamak, nazara karşı üzerlik asmak, kurşun döktürmek, ateşe tuz atmak, hatta babaannemin yaptığı gibi "Nazar edenin gözü götüne" diyerek burnunun ucunu ve kıçını kaşımak... Bunları düşününce Ezidilere haksızlık ettiğimi anladım. Ama yine de marulun günah olması tuhaf doğrusu.

Kamplardaki en bilgili adamın kim olduğunu soruyorum, Şeyh Seyda diyorlar. Onun kaldığı çadıra gidiyorum. Yaşlı adamın, ağaç dalına benzemiş elini öpüyor, Şark terbiyesiyle alnıma koyuyorum. Belli ki o sefil durumunda, "İstanbul'dan gelmiş gazeteci" diye bir halt sandıkları benim, elini öperek saygı göstermem hoşuna gidiyor. Kelamın çocukları içinde en çok bilen Şeyh Seyda'dır, diyorlar, bilmediği yoktur onun. Yalnız sakın yanılıp da "şeytan" sözünü kullanma. Onu duydukları anda konuşmayı keser, bir daha öldürsen ağızlarını açmazlar. Bu sözcüğü, Tavuse Melek'e karşı en büyük hakaret sayarlar.

Seyda'ya en çok merak ettiğim şeyi soruyorum: Neden tavuskuşu? Neden en büyük melek bu yaratığın kılığına girmiş? Çok eski bir din olduklarına göre Ortadoğu'da tavus kutsal mı sayılırmış hep? Şeyda alçak sesle, tane tane anlatmaya başlayınca, soru sorarken bile çok dikkatli olmam gerektiğini anlıyorum çünkü cehaletim iyice ortaya çıkıyor.

Seyda, "Bu sorunun cevabı kolay değil" diye giriyor söze ve devam ediyor. "Şark'ın en kadim dinlerinden biridir Ezidilik ama bizim bu bölgelerde, buralarda, Lâleş'te, Ortaşark'ta tavus bulunmaz, Hindistan'da bulunur. Bu da Ezidiliğin köklerinin Hindistan'da olduğunun ispatıdır."

Bu sözler beni kendime getiriyor, ilkel beyaz bir çadırda, toprağın üstüne atılmış bir örtü üzerinde oturan bu yaşlı, yoksul adamın gerçek bir bilgin olduğunu anlayarak daha fazla saygı duyuyorum. Doğu'nun bilginleri Batı gibi kitapla değil, sözle, şiirle, menkıbeyle, meselle konuşur. Seyda da öyle yapıyor ve o günleri yaşamış gibi Zerdüşt'ten, Avesta dilinden, Nabukadnezar'dan, Harun El Reşid'den menkıbeler anlatıyor. Nuh tufanının Gılgamış'tan bin yıl önce meydana geldiğini söyleyip önündeki toprağa yuvarlak bir şekil çiziyor, işte diyor, Nuh'un gemisi böyleydi, yuvarlaktı. Sümer mitolojisinde babasız çocuk doğurma efsanesini alıp Zerdüştlere ve oradan da *"Kimseler bilmez bu sırrı / Gerçeği bir Meryem bilir"* diyen Anadolu âşıklarına geçiyor. Ona göre her şey birbirinin devamı, her asırda aynı masallar tekrarlanıyor.

Dünyanın her köşesinde inançlar var, niye Ortadoğu'dan çıkanlar dünyayı kaplamış, diye bir soru soruyorum. En çok biz mi günah işlemişiz, en çok bizim mi düzeltilmeye ihtiyacımız varmış?

Kır bıyıklarının altında hafif bir gülümseme izi yakalıyorum. Bunun cevabı kelamdır diyor, sözdür. Bu dünyada hiçbir şey insanları söz kadar etkileyemez. Ortaşark da sözün zirveye vurduğu yerdir, hiçbir bölgenin şiiri, menkıbesi, masalı bu kadar kuvvetli, insanın yüreğine işleyen kudrette değildir. İşte bu yüzden bizim buralarda şairler büyücü sınıfına girer. İnsanları güzel sözlerle büyüledikleri için.

Sonra bana eski Keldani, Asuri, Süryani, Ezidi, Avesta, Kürt, Arap, Fars ve daha anlamadığım birçok dilde beyitler okuyor. Bu adama hayranlığımın giderek arttığını hissediyorum, artık ortadan kalkmış, kaybolmuş diller bile belleğinde. Melek Tavus'un diğer meleklerden farkını sorma cesaretini gösteriyorum. Çünkü diyor, hem iyiliği hem kötülüğü barındırır, aynen insan gibi. Her insanın içinde iyi ve kötü, yan yana durur. Hangisini beslersen o galip gelir. Diğer dinlerin tanrıları da öyle değil mi? Hem ödüllendirici, hem cezalandırıcı bir tanrı o da. Büyük dinlerin tanrısı gibi. "Bana inanmayanın boğazından aşağı erimiş kurşun dökerim" diyen bir tanrı, sadece iyi olabilir mi sence evladım? Kullarını en ağır işkencelerle korkutan bir tanrıya iyi diyebilir misin? Bak sana bir kıssa vereyim: Sizin İslam dininizin bir kadın evliyası, bir eline bir kova su, ötekine de bir kova ateş almış, yola çıkmış. Nereye gittiğini soranlara da, bu kovayla cehennem ateşini söndüreceğim, bu ateşle de cenneti tutuşturacağım demiş. Çünkü insanların sadece cennet vaadi ve cehennem korkusu yüzünden riyakârlık yapmasını istemiyormuş. Biz Ezidiler iyiliğin ve kötülüğün ötesinde bir yer olduğuna inanırız.

Şeyh bunları söyler söylemez, içine sürüklendiğim mistik ortamda birden Mevlana geldi aklıma, hatırladığım kadarıyla şöyle diyordu:

*Bir yer var*
*İyiliğin ve kötülüğün ötesinde*
*Seninle orada buluşacağız*

Sufilerle aynı düşünceyi dile getiriyorlardı. Şeyh'e kutsal kitaplarını sordum. Tevrat, İncil, Kuran gibi bir kitabınız var mı yani ehl-i kitap mısınız, dedim. Mushaf-ı Reş var dedi. Yani Kara Kitap, bir de Mushaf-ı Celve var, vahiy kitabı ama bunlar asıl kitap değil, bazı âdetleri anlatırlar. Asıl kutsal kitabımız kayıptır. Babadan oğula, anadan kıza ezberletilir. Bu yüzden kelamın yani sözün çocukları derler bize. Gülümsedi. Yani ehl-i kelamız biz dedi, sonra ekledi, gazeteci bey oğlum, bunları yaz ki herkes gerçeği öğrensin. Bizim, Muhammed'in torunu Hüseyin bin Ali'yi katleden Halife Yezid'le hiçbir ilgimiz yoktur. Tanrımız Ezd'dir.

Bunların hepsini yazacağıma söz verdim ama bir yandan da bu mistik dünyayla hiçbir ilgisi olmayan, aklını Ankara siyasetçilerine ve Müslüman mahallesinde salyangoz satar gibi Bodrum plajlarında çıplak pozlar veren magazin figürlerine takmış olan yazı işlerinin böyle bir konuyu basılacak kadar ilginç bulup bulmayacağı hakkında kuşkularım vardı. Bunları söylemedim ona tabii. Olmazsa internet sitesinde yayınlarım dedim, orası daha geniş, daha özgür.

Belki biraz ayıp oldu ama bu sözüme karşılık istermiş gibi yorumlanabilecek bir talepte bulundum. Suriye'den gelen Meleknaz adlı bir kızı aradığımı söyledim, kör bir bebeği olan Lâleşli bir kız. On binlerce insan içinde tanımasını beklemiyordum elbette ama belki bir yardımı olabilirdi. Bir süre düşündü, sonra çadırdaki genç bir Ezidi'ye dönüp Kürtçe bir şeyler söyledi. Genç adam bir saygı ifadesiyle hafifçe öne doğru eğildi, sağ elini kalbinin üstüne koydu ve *ser sere min Şeyh* dedi. Sonra Şeyh bana döndü, bu genç adam benim oğlum Şems dedi, o kızı bulman için sana yardım edecek.

# Yanlış ve doğrunun ötesi

Dedim ya, kendimi iyice mistik ve olağanüstü inançlar dünyasına kaptırmıştım; ne var ki olaylar da üst üste geliyor, bu kadarı rastlantı olamaz dedirterek beynimi zonklatıyordu. Şeyh'le konuştuğumun ertesi günü, bizim gazeteyi açtım, Hakan'ın çektiği Angelina Jolie resmini ve benim uydurduğum –gazetecilik deyişiyle köpürttüğüm– yazıyı ilk sayfanın sağ alt köşesinde gördüm. Buraya kadar her şey olağandı elbette, mistik bir yan yoktu ama gazete, Jolie'nin resminin yanına kocası Brad Pitt'in resmini koymuştu; hem yüzünün hem de kolunun yakın plan fotoğrafını. Üstünde de şöyle yazıyordu: "Brad Pitt Mevlana şiirini koluna dövme yaptırdı." Eski bir haberdi bu aslında ama Jolie'nin gelişi dolayısıyla yeniden basmışlardı. Brad Pitt, 13. yüzyıldan bir Türk-Fars şairinin dizelerini niye kazıtsındı ki koluna? Ama New Orleans'ta çekilen fotoğrafta, balkona kısa kollu beyaz bir fanilayla çıkmış, kollarını kaldırmış olan aktörün bir kolunun pazı bölümüne dövmeyle yazılmış şu satırlar okunuyordu.

*There exists a field, beyond all notions of right and wrong.*
*I will meet you there.*

Pitt, New Orleans'ta otelinin balkonunda bir diğer ünlü aktörle karşılıklı top oynarken görüntülenmişti. Rastlantının bu kadarı fazlaydı doğrusu. Bir gün önce Ezidi Şeyhi'ne söylediğim o dizeler bir kez daha New Orleans'ta ortaya çıkıvermişti. Hem de Ezidi kamplarını gezen meleğin kocasının kolunda. Çevremde hazan kelebekleri uçuşuyor, melekler dans ediyor gibi bir duyguya kapıldım. Doğrusu ben bu dizeleri "iyilik ve kötülük" olarak hatırlıyordum, İngilizce çevirisinde ise "yanlış ve doğrunun ötesi" diye geçiyordu.

Kafam karışıyor; Mardinli kadınların alt dudaklarındaki mor dövmeler ile Brad Pitt'in mor dövmesi, Mevlana'nın iyilik ve kötülüğü, Melek Tavus, Süryani rahibi çevremde niye döndüklerini bilmeden sonsuz bir dönme güdüsüne kapılmış pervaneler gibi dönüyorlar. Hasta oldum sanırım, başımda bir ağrı, midemde bir kabarma, bulantı. Ne oluyor bana diye sorup durdum kendime. Akşam, otel odasında su bardağına doldurup içtiğim onca şarap mı bozdu beni, yoksa göçmen çadırındaki o kadından duyduklarım mı, bilemiyorum. Herhalde ikincisi çünkü otele döndüğümde de hasta gibiydim. Kampta çadır çadır dolaşıp Meleknaz'ı tanıyan biri olup olmadığını sormuştuk. Şeyh'in oğlu yanımda olmasa ne dolaşmama, ne çadırlara girmeme, ne de soru sormama izin verirlerdi ama Şeyh denilince akan sular duruyordu. Sonradan duyduğuma göre Ezidilerde kast sistemi çok güçlüymüş. Şeyhlerin emrinden de çıkılmazmış.

Beşinci mi altıncı mı, hatırlamıyorum, nihayet bir çadırda yeşil hırkalı genç bir kadın, kör bir bebeği olan Meleknaz'ı tanıdığını söyledi. Adı Zilan'dı. İnce uzun bir yüzü vardı, olsun olsun yirmi yaşında gösteriyordu ama daha gençmiş. Önce konuşmak istemedi ama Şeyh'in oğlu bir şeyler söyleyince bana hikâyelerini anlattı ve ben hasta oldum, sahiden hasta oldum. Zilan'ın anlattıklarına dayanamadım. Kamptan kendimi dışarı attığımda bir titreme tuttu beni, hatta biraz çıkardım.

Hakan, ne oldu abi dedi, bir şey yok dedim, hadi otele gidelim. O yine, ne oldu diye tutturdu. Başım ağrıyor, midem bulanıyor Hakan dedim. Yalan söylemiyordum, gerçekten de şakaklarım zonkluyordu, her şey baş ağrısından ve bulantıdan ibaret değildi ama gerçeğin bir kısmı buydu. Hakan bir süre sustu ama sonra dayanamayıp, abi dedi, çok merak ettim, bu insanlar sahiden şeytana mı tapıyor? Hayır Hakan dedim, şeytan onlara tapıyor. Abi şaşırdım ya, dedi, şaka şaka dedim, tavuskuşuna tapıyorlar. Buna daha da çok şaşırdığını hissettim.

Odaya girer girmez şarabı su bardağına doldurdum, soluksuz içtim, bir daha doldurdum, onu da su gibi içtikten sonra pencereden, uzak, soğuk ve zalim bir Mezopotamya tanrıçası gibi parlayan ayı görmemek için perdeyi kapatıp kendimi yatağa attım.

# Zilan anlatıyor: İki nehrin suyu yıkamaya yetmez

Nesini söyleyeyim, nesini anlatayım, nereden başlayayım, nerede bitireyim bilmem; böyle dile söze gelmez şeyleri insan kulağıyla değil, yüreğiyle duyabilir ancak. Bizim acımızın üstüne acı yoktur, bizim figanımızın üstüne figan yoktur. Şengal Dağı kadar büyüktür derdimiz, göğsümüzün üstüne oturmuştur. Öyle çok kanımız döküldü ki, iki nehrin suyu bu kanı yıkamaya yetmez. Ulu Fırat, ulu Dicle bile temizleyemez bu lekeyi. Ooooy oy, oy. Ocağımız sönmüş bizim, kolumuz kesilmiş bizim, hanemize baykuşlar konmuş bizim, hikâyemiz kıyamete kalmış bizim.

Bunları çadırdaki başka bir kadın söyledi, daha da devam edecekti ama beni oraya götüren gencin bir işaretiyle sustu.

Zilan, kuru, düz hatta içinde en ufak bir duygu kırıntısı taşımayan bir sesle, görev yapar gibi anlatmaya başladı.

Zayıf yüzlü, avurtları çökük, esmer, kaşları bitişik bir kadındı.

"Meleknaz'la biz aynı köydeniz, ikimiz de on beş yaşındaydık, okula gidiyorduk, bazen Şengal'e götürürlerdi bizi büyüklerimiz. Şengal çok güzeldi, dünya çok güzeldi, insanlar çok güzeldi. Dünyanın yaratıldığı Kızıl Çarşamba bayramında yumurta boyar çok eğlenirdik, Meleknaz'la el ele tutuşur, sokakları gezerdik.

Meleknaz büyük bir sır taşırdı, babası ona kayıp kitabımızı ezberletmişti. Tavuse Melek'in bir daire çizerek gösterdiği, insanlar arasından seçtiği biz Ezidilerin kadim bilgileri bu sözlerdeydi ve hepsi de Meleknaz'ın aklına yazılmıştı. Çok az ailede bu emanet, nesilden nesile aktarılabiliyor ve kelamın sahibidir o aileler, Meleknaz'ın ailesi de onlardandı.

O gün sakallı adamlar köyümüzü bastılar, arabalarıyla çıkış yollarını kapattılar, hepimizi köy meydanında topladılar, kadınlarla çocukları bir yana, erkekleri bir yana ayırdılar. Ellerinde büyük silahlar vardı, hepsi siyah giyinmişti, siyah bayraklar asılıydı arabaların üstünde. Bizim erkeklerimizin uzun bıyıkları olur, hiç kesmezler. Gelenler önce erkeklerimizin bıyıklarını kesti, siz Ezidiler kâfirsiniz, İslam'ın düşmanısınız diye bağırarak erkeklerin bıyıklarını kazıdılar. Haydar Amca karşı koyunca bıçaklarını çıkarıp kafasını kestiler, yere yuvarladılar; kafa toza toprağa bulandı. Ben elimle Meleknaz'ın gözlerini kapattım, elimi öyle bir sıkıyordu ki kıracak sandım. O gün üç erkeği daha öldürdüler, sonra kalanları kamyonlara doldurup götürdüler; babam, amcam, abilerim, dayım hepsi kamyondan bize bakıyordu, onları bir daha görmedik.

Sonra bizleri de kamyonlara doldurdular, başka bir şehre götürüp büyük bir binanın bodrumuna bıraktılar, ekmek su vermediler. Meleknaz yol boyunca, babam, abilerim diye ağladı. Ertesi gün akşama doğru sakallı adamlar yine geldiler. Genç kızları, analarından, teyzelerinden ayırdılar, zorla, kopararak aldılar hepimizi; birçok kişi yalvardı ama aldıran olmadı, dinlemediler. Sekiz yaşından on sekiz yaşına kadar seçtikleri kızları yine kamyonlara doldurdular, başka bir binaya götürdüler. Meleknaz yine elimi sıkı sıkı tutuyor, titriyordu. Bu binada da loş bir bodruma fırlatıldık. Biraz bekledikten sonra bize su verdiler, yiyecek verdiler. Yedik, çünkü dayanacak gücümüz kalmamıştı artık. Sonra sakallı adamlar gelip bize alıcı gözüyle bakmaya başladılar. Bazıları gelip her yerimizi elledi, avuçladı; sonra isteyen istediği kızı alıp gitti. Sekiz yaşındaki kardeşimi de kucağımdan koparıp götürdü bir adam. Ayaklarına kapandım, yalvardım ama defol kâfir diyerek tekmeledi beni. Kız kardeşim abla diye bağırıyordu abla, abla. Bir şey yapamadım. Sonra bizleri de elleyip mıncıkladılar, aldılar; o gün hepimiz bir yerlere götürüldük, kimse kalmadı. Beni alan, kırk yaşlarında, bıyığı tıraşlı ama sakalı uzun iriyarı biriydi, elindeki silahı hiç bırakmıyordu. Beni bir eve götürdü. Evde dört kadın daha vardı, bir de kız çocuğu, herkes korku içindeydi. Adam beni bir kadına doğru itti, bu kâfiri iyice temizle dedi, onu Müslüman yapacağım. Sonra güldü.

Kadın hiç konuşmadı, hiçbir şey söylemedi, sadece beni yıkadı, keseledi, kaynar sular döktü. Sonra bana temiz bir entari verdi.

Adam gece yapacağını yaptı bana ama benim aklım orada değildi, sekiz yaşındaki Nergisimin de başına aynı şeylerin geldiğini düşündükçe kendi derdimi unutuyordum. Sonradan öğrendim, ona da aynısını yapmışlar, ağlıyor diye de dövmüşler!

Zilan hava raporu okurmuş gibi duygusuz, yüzünde hiçbir mimik olmadan, sesindeki tonlama hiç değişmeden anlatıyor, onun bu tavrı dehşete düşürüyor beni. Kuru kuru anlattığı olaylar gözümde canlanmaya başlıyor, kafam onun yarım bıraktıklarını tamamlıyor gibi. Onu kullanan adam kim bilir neye benziyordu, böyle anlatılarda koku ihmal edilir hep, oysa en korkunç ayrıntılardan biridir. Zilan'ın duyduğu kokular değişmiş olmalıydı, üstüne çullanan yabancı tenin kokusu da, evin de, adamın ağzının da... Offf!

Adam beni birkaç gün kullandı, sonra bir paket sigaraya başka birine sattı, o adam da beni kullandı, sonra o da başka birine sattı. On savaşçının yatağına girince Müslüman olacağımı söylüyorlardı. Bir seneye yakın ondan ona gezdirdiler, dövdüler, her türlü tecavüzde bulundular. Bir gün cesaretimi toplayıp beni alan yaşlıca bir adama sordum, çünkü o biraz daha merhametli gibiydi ötekilerden, günah değil mi yaptıklarınız dedim. Hayır dedi, halifemizin emri böyle. Peki, küçük kız çocuklarına da mı aynı şeyler yapılıyor? Sordum çünkü aklım hâlâ Nergis'teydi. Adam bir kâğıt çıkardı, halifenin emirlerini okudu. Orada diyordu ki, eğer kız çocuğu gelişmişse onunla birleşebilirsin, eğer gelişmemişse birleşme olmadan her türlü zevkini tatmin edebilirsin. O zaman eyvah dedim, eyvah, Nergisim gitti! Çünkü sekiz yaşındaydı ama gösterişliydi. Adam okudu, dedi ki, iki kız kardeşi almak da caizdir ama ikisiyle aynı anda yatmak yasaktır, ayrı ayrı kullanılmalıdır. Bunları kitaba yazmışlar.

Bunun üzerine adama yalvardım, Nergisimi bulup satın alırsa, onun kulu kölesi olacağımı söyledim, ayaklarına kapandım, yalvardım. Adam güldü, zaten kölemsin daha nasıl kulum kölem olacaksın ki dedi. Yalnız bedenimle değil, bütün ruhumla, kalbimle kölen olurum dedim, bacımı yanıma getir, el kadar çocuk, kim bilir ne kadar korkmuştur. Müslüman olurum, namaza başlarım, ne dersen yaparım.

Adam insafa geldi, düşüneceğini söyledi. Ona çok hürmet ettim, eve geldiğinde her gün leğende ayaklarını yıkadım, sırtı ağrıdığında nenemin öğrettiği lapadan yapıp sürdüm, hatta kendimi zorlayıp gülümsedim bile, bana sahip olurken ağlamamaya çalıştım.

Aradan on gün geçti geçmedi, adam yanında çarşaflı bir kızla geldi. Çarşaf açılınca Nergis'i tanıdım. Daha doğrusu hem tanıdım hem tanımadım. Değişmişti, benim Nergisim gitmiş, yerine düşman bakışlı, yabani, daha büyük ifadeli biri gelmişti. Nergisim dedim, Nergisim... Sarıldım ona ama o bana sarılmadı, kolları iki yanına sarkmış öylece bekledi. Ne oldu sana yavrum dedim, cevap vermedi. Gözlerinde karanlık bir nefret okunuyordu, bana bile öyle bakıyordu. İnsan umudunun bir kısmını kaybederse üzgün görünür ama tamamen umutsuz kalınca, böyle olur.

Daha sonra Meleknaz'da da aynı şeyi gördüğüm için biliyorum. Kardeşine, anana babana bile güvenmezsin, insan kılığındaki her yaratığın içindeki canavarı görürsün hep, başka bir şey görmezsin. Herhalde geçer diyerek ona elimden gelen şefkati gösterdim, sarıp sarmaladım, güzel yüzünü öptüm, anamızdan babamızdan, eski günlerimizden söz ettim, anamın onu severken söylediği gibi Şengal Dağı ceylanım dedim ona yüzlerce kere. Saçlarını iki belik ördüm. Tek kelime etmedi. Akşam adam onu aldı odasına. Kulak kesildim, adamın çıkardığı seslerden başka hiçbir şey duymadım. Adam o sabah bana, senin bu kardeşine verdiğim paraya yazık oldu dedi, bir ceset almışım ben, hiç zevki yok, onu satacağım. O zaman, ikimizi beraber satması için yalvardım, bizi ayırma dedim, zaten anamız, ba-

bamız, abilerimiz nerede, ne yapar bilmiyoruz, hiç olmazsa ikimizi ayırma. Adam yüzüme uzun uzun baktı, sonra, kâfirsin ama iyi bir kızsın dedi, artık onları bekleme, hepsi öldü, boşuna bekleme, kimse kalmadı.

Kanlı gözyaşları dökmeye, ağıt yakmaya başladım. Güzel anam nerdesin, dağların aslanı babam nerdesin, başımı dayayıp ağlayacağım bir mezar taşınız da mı yok diye sel oldu gözümün yaşı. Adam bundan sıkıldı. Ben böyle ağlayan kadını hiç sevmem dedi. Zaten benden de hevesini almıştı, hep yeni kızlar geliyordu, giderek daha küçük kızlar alıyorlardı. Nergisimle beni beraber satmaya razı geldi. Ertesi gün bizi Musul'da esir pazarına gönderdi.

# Zalim ay ışığı

O kasvetli otel odasında, o zalim ve kıyıcı Mezopotamya mehtabının arsızca içeri sızdığı perdelere gözümü dikmiş bakarken, Zilan'ın anlattıklarını düşünüyorum ve şu anda bile tüylerim ürperiyor. Üstelik Zilan hiç gözyaşı dökmediği, hiçbir şeyi abartmadığı, hatta yemek pişirmekten ya da örgü örmekten söz eder gibi sıradan, heyecansız, mırıl mırıl tekdüze bir Arapçayla bunları anlattığı halde. Yok yok, pek doğru olmadı bu, belki de tam tersine bu yüzden demeliyim. Bu kadar korkunç olayları, böylesine doğal bir şeymişçesine anlattığı için demeliyim, insan bu zayıf kadının durgun, ifadesiz bir yüzle sakince anlattığı olayları önce algılayamıyor, onun sükûnetine ve her şeyi sıradanlaştıran sesine kapılıyor, sonradan düşününce ürperiyor demeliyim.

Belki de kendini kaptırıp bu olayları tekrar yaşamak istemediği için oluyordur bu, zihninin kuytu bir köşesine gömdüğü anılarla dolu o kirli sandığın kapağını aralamak istemiyordur. Bu olayları başka birinin başından geçmiş gibi duygusuz bir tavırla hikâye etmesi bundandır.

Fransa'dan gelen Cezayir kökenli bir genç IŞİD'li, Zilan'a bir gece içini dökmüş. Buralara gelme nedenlerinin kendisi gibi kızlar olduğunu söylemiş. Cennette vaat edilen bakireler burada diyormuş. Bir köyü basıp, "Göğüsleri kuru üzüm kadar küçük kızlar" diye vaat edilen kızlardan istediğin kadarını alıp gidiyormuşsun, üstelik de sevaba girmiş oluyormuşsun. Dünyada bundan güzel şey var mı, demiş o genç militan Zilan'a, kim gelmek istemez, ölmeden cennete gitmek gibi bir şey. Zilan ona, Ezidilikte cennet cehennem olmadığını söyleme gafletinde bulununca adam dövmüş bunu, çok dövmüş, burnundan kan gelmiş, sonra da canını çok yakacak biçimde tecavüz edip başka bir arkadaşına yollamış.

Hastayım, midem boğazımı tıkamış gibi, birkaç kez kusmayı denedim ama beceremedim, başım çatlıyor, kendime kızıyorum, pencereyi tam olarak kapatmaya yetmeyen kahverengi desenli perdeye kızıyorum, yandan süzülen ay ışığına kızıyorum, eski karıma kızıyorum, gazeteye kızıyorum, en çok ama en çok kendime kızıyorum, niye bunları sordum, niye öğrendim diye. Kesin bir biçimde bağlı oldukları Şeyh'in talimatı olmasa Zilan'ın ağzını açmayacağını, hiçbir şey söylemeyeceğini, diğer kadınlar gibi susarak yüzüme bakacağını biliyorum. Şeyh'in emriyle konuşuyor ama ben bu korkunç anıları canlandırmakla iyi bir şey mi yapıyorum acaba?

O gece yatakta kıvranırken, Zilan'ı, Nergis'i, Meleknaz'ı, onun kör bebeğini tekrar tekrar gözümün önüne getirmeye çalıştım. Bizim türümüzün bu dünyada yaşamaya, hem birbirini hem dünyayı yok etmeye hakkı yok, hepimizin içinde korkunç bir canavar yaşadığı yadsınamaz bir gerçek diye düşündüm. Eğer Zilan, Nergis, Meleknaz ve binlercesi homosapiens değil de hayvan olsaydı bu acıların hiçbirini çekmezlerdi, kendimizi hayvanlardan ve bitkilerden üstün görmemiz büyük bir aldatmaca, insanlık diye yücelttiğimiz şey aslında ne aşağılayıcı bir kavram diye düşündüm.

Ayrıca, bütün bunlar olurken bu kadar dinin tanrısı ne yapıyordu diye sordum kendime ve cevabı buldum. Tanrı o sırada dinleniyordu çünkü yedinci gündü, altı günde evreni yaratmıştı ve yedinci gün dinlenmeye çekilmişti. Herhalde bu yüzden çığlıkları duymamıştı.

Huzursuzdum, İstanbul'daki huzursuzluğumdan farklı bir şeydi bu ancak yine de huzursuzluktu. Tam tersi sanılır ama zaten hayatta normal olan huzursuzluk durumudur, huzur ise çok ender yakalanan geçici anlardır olsa olsa.

O gün Zilan bana, Musul'da esir pazarında, köhne, küf kokan, karanlık bir binanın çeşitli odalarına konulmuş küçük kızlar, genç kadınlar, erkek çocukları arasına atıldıklarını anlatmıştı. Yeni gelenleri çeşitli fiyat kategorilerine ayırmışlar, birinci sınıf yani en pahalı olanlar çok genç, güzel, beyaz tenli bakirelermiş, onları ayrı odalara yerleştirmişler. İkinci kategoride bakir ve bakire satılık çocuklar varmış.

Her yaştan çocuk, şaşkın şaşkın bakıyordu, başlarına neler geleceğini bilemeden demişti Zilan bana, çoğu da anne diyerek ağlıyordu ve o zaman dövüyorlardı çocukları. Üçüncü fiyat aralığında olanlar, "kullanılmışlar", hamileler ve yaşı daha ileri olanlarmış. Zilan bu sınıfa giriyormuş, Nergis'in de çok "kullanılmış" olduğunu söyleyerek onu da yanına almayı başarmış.

Pis bir odada, ölmeyecek kadar yemek ve suyla idare ederek üç gün kalmışlar, arada bir korkunç görünüşlü adamlar gelip kendilerine bakıyor, oralarını buralarını elliyor, hohla bakayım diyerek nefeslerinin kokup kokmadığını, memelerinin pörsük olup olmadığından da ne kadar "kullanılmış" olduklarını anlamaya çalışıyormuş. Bunları satan adamların surat asmaya, ağlamaya hiç tahammülü yokmuş. Onların, müşterilere gülümsemelerini emrediyorlarmış, aksini yapan olursa da dövüyorlarmış. Bu yüzden Nergis çok dayak yemiş ama ne ağzını açıp bir söz ediyor, ne gülüyor, ne de nefretle bakan gözlerindeki bakışı yumuşatıyormuş. Bu yüzden de o yaştaki kızlar arzu edilmesine rağmen, pek müşterisi çıkmamış, çıksa da kızın bakışlarından ürkmüş olacaklar ki, almamışlar. Zilan zaten "çok kullanılmış" kategorisine giriyormuş.

Oraya durmadan genç ve alımlı bakireler akarken hiç alıcıları çıkmamış ama üç gün sonra çok ilginç bir şey olmuş, odaya birkaç kadın daha getirip atmışlar. Birinin karnı burnundaymış, siyah çarşafın altında, çok zor kımıldadığı görülüyormuş. Zilan, bu zavallı burada doğuracak besbelli, diye düşünmüş. Kadınlar yüzlerini açınca, hamile kadının Meleknaz olduğunu görmüş, gidip boynuna sarılmış, ikisi de ağlamaya başlamış, Nergis'in ve diğer kadınların kayıtsız bakışları altında ağlaşıp durmuşlar, ta ki esirciler gelene kadar.

Gerçek bu mu acaba? Böyle olmalı sanırım, yoksa zihnim mi uyduruyor bu sahneleri diye düşünüyorum. Zilan işin duygusal boyutunu anlatmamıştı, ağlamak falan dememişti, sadece, hamile kadın Meleknaz'dı, yüzü eskimiş gibiydi demişti aynı duygusuz tonla. Belki de kafam "acının ötesine geçmek" kavramını almıyordu, anlayamıyordu, onun için böyle sahneler yaratıp duruyordu. Birbirinden koparılmış iki genç kızın, başlarından geçen onca olaydan sonra karşılaşmaları buz gibi soğuk bakışlar altında sessizce gerçekleşirse, insan oluşumuzun bize yüklediği bütün kavramlar tersine dönmüş olurdu ama belki de gerçek buydu, ne bileyim.

Birkaç gün sonra iriyarı, çok heybetli bir adam gelmiş, kır bıyıkları ve kır sakalı varmış. Bunlara sorular sormuş, isimlerini, nereden geldiklerini öğrenmiş, sonra Zilan'a talip olmuş. Kaç lira bunun fiyatı, değmez ama hadi alayım gitsin. Satıcı 20 dolar isteyince yaşlı adam, bunun hışırı çıkmış be, 20 dolara çiçek gibi kızlar var, niye vereyim buna bu parayı diye çıkışmış. Satıcı da adama hak verir gibi, bunun bir de kardeşi var demiş, bak işte çiçek gibi kız, el değmemiş değil ama onu da al, ikisine 25 dolar ver. Adam Nergis'e de bakmış, sadece bakıyormuş, hiç ellemiyormuş, sonra başını yukarı kaldırıp olmaz demiş, bu para fazla. Satıcının kıvranmaya başladığını gören Zilan lafa karışmış, Meleknaz'ı göstererek, bir de bu gelin var demiş, üçümüzü de alın. Bu öneriye aklı yatan satıcı umutla yaşlı adamın yüzüne bakmış. Adam, karnı burnunda kadını ne yapayım yahu demiş, bunların hepsi ellenmiş bellenmiş, kaç elden geçmiş, canlı cenazeye dönmüş, hem bir de doğumla mı uğraşacağız şimdi! Başka zamanda Zilan konuşmaya cesaret edemezmiş ama söyledikleri satıcının hoşuna gittiğinden bir kez daha lafa karışmış. Bir kişi fiyatına dört kişi alıyorsun amca demiş. Hayır demiş adam, dört nerden çıktı, üç dediniz. Zilan Meleknaz'ın karnını göstermiş, çocuk doğunca o da para eder demiş. Sonra satıcı ve yaşlı adam dışarı çıkmışlar, biraz daha pazarlık etmişler, ne dedikleri duyulmuyor ama tartıştıkları anlaşılıyormuş. Bir zaman sonra satıcı odaya girmiş, hadi demiş, satıldınız, çıkın dışarı. Böylece Zilan, Meleknaz, Nergis gün ışığına çıkmışlar.

Orada yaşlı adam yeşil bir kamyonetle bekliyormuş, üçünü de kamyonetin kasasına bindirmiş, epeyce gitmişler.

Zilan çarşafın aralığından sokakta yürüyen erkekler görüyormuş. Sonra adam bir dükkânın önünde durmuş, bunlara hiçbir şey söylemeden dükkâna girmiş. Bir süre sonra birtakım torbalarla çıkmış, kızlara bir büyük şişe su uzatmış, sonra yine yola devam etmiş. Toz toprak içinde saatlerce gitmişler, yollarda birkaç kere durdurulmuşlar, yaşlı adam onlara kimlik göstermiş, bir şeyler söylemiş.

Akşama kadar böyle tangır tungur gitmişler, güneş batarken araba bir tepenin yamacında durmuş, bir dere akıyormuş. Yaşlı adam, inin arabadan demiş, Meleknaz'ı yardımla indirmişler, o ıssız tepe yamacını görünce Zilan, herhalde bizi burada kesecek bu adam diye düşünmüş. O ana kadar sadece Arapça konuşan adam birden Kürtçe konuşmuş, hadi demiş, Tavuse Melek aşkına batan güneşe karşı duamızı yapalım. Önde adam, arkada kızlar, güneşe doğru üç kere dua etmişler. Sonra adam, kızlarım demiş, korkmayın, ben sizi kötülük yapmak için değil kurtarmak için satın aldım. Ben de Ezidi'yim ama herkes beni Müslüman Arap sanıyor, başka hüviyetle yaşıyorum onların arasında. Bu tepeden sonra bizim Şengal var, hani bizim kutsal dağımız, orayı aşarsanız Rojava'ya, oradan da Türkiye sınırına ulaşırsınız. Zor ama düz yollardan giderseniz sizi hemen yakalarlar, tek çareniz bu dağı aşmak, işte size taşıyabileceğiniz kadar yiyecek. Tavuse Melek yardımcınız, Şeyhimiz Adiy bin Musafir koruyucunuz olsun.

Böyle deyip kamyonetine binip gitmiş, ortalıkta çıt çıkmaz olmuş, derenin şırıltısı bile duyulmuyormuş sanki. Üç kız hiç konuşmadan adamın verdiği torbaları açmışlar, ekmek, peynir, sucuk yemişler, boşalan su şişesini dereden doldurmuşlar, sonra uyumuşlar.

Hiçbir şey konuşmadınız mı dedim Zilan'a, hayır dedi. Tek kelime bile etmediniz mi dedim, hayır dedi, şaşırmadınız mı dedim, hayır dedi, peki, korkmadınız mı diye sordum, ben korktum, ötekileri bilmem ama kendimden çok Nergis ve doğurdu doğuracak Meleknaz için korktum dedi, bu kız bu yükle dağa nasıl tırmanacak diye korktum.

# Dağ

Ulu Şengal Dağı, Ezidilerin sığınağı, kurtarıcısı, Adiy bin Musafir'in mucizesi, sana geldik, sana sığındık, bizi koru, Nergis'i koru, Meleknaz'la karnındaki sabiyi koru, bizi kanatlarının gölgesi altına al diye çok dua ettim ama dağda gölge yoktu, ağaç yoktu, su yoktu. Tırmanırken toza battık, tozdan korunmak için çarşaflarımızla yüzümüzü kapattık, kara çarşaflar tozdan bembeyaz kesildi, nefes alamaz olduk. Kutsal güneşimiz bizi yakıp kavurmak ister gibi başımızdan aşağı kor ateşler indiriyordu. Meleknaz'ın iki koluna girmiş güçlükle yürütüyorduk. Dağda başka Ezidiler de yürüyordu ama kimsenin kimseyi görecek gözü yoktu. Kayaların dibinde gölge arıyor oraya sığınıyorduk, bir kayanın ardında küçük bir çocuk gördük, susuzluktan ölmüştü. Ailesi yola devam etmişti herhalde, yavru öyle uzanmış, dudakları çatlamış, ağzı havada yatıyordu. Onun yanına uzandık biz de çünkü orası gölgeydi.

Meleknaz çok ağırlaşmıştı, dağı tırmanmaya gücü yetmeyecek diye korkuyordum ama o kan ter içinde çabalıyor, kayalara tutunuyor, elini ağrıyan beline koyarak soluklanmaya çalışıyor, sonra yine tırmanıyordu. Dereden doldurduğumuz şişeden yudum yudum su içtik, gündüz uyuduk, gece yürüdük. Bir yerde silah sesleri duyduk, bomba gibi, top gibi bir şeyler patlıyordu, arkamızdan gelirler diye iyice kuytulara saklandık. Bir koyağın dibinde burnumuza çok kötü kokular geldi, çok insan ölmüştü orada, çürüyorlardı. Ezidi aileler gördük, çoluk çocuk, yaşlı genç, birbirlerine sarılıp can vermişlerdi. Açlıktan olsa gerek diye düşündük, onlara dua ettik, takatimiz tükenmişti, ölü bedenlerin yanına uzanıverdik.

O gece ay ışığı vardı, kayalar parlıyordu, Meleknaz sancılandı, suyu boşaldı, kayanın kovuğuna yatırdım onu, sesimiz duyulmasın diye bağırmıyordu hiç, sadece inliyordu, iki saat kadar kıvrandı, sonra bebek gelmeye başladı, köyde büyüklerimizden gördüğümüz gibi doğurttum onu, bebeğinin ebesi oldum, göbek bağını taşla kestim, sonra kara çarşaflarımızı yırttım, bebeği sardım kundakladım, Meleknaz'ı silip temizlerken de, Meleknaz, gözün aydın, bir kızın oldu dedim, Tavuse Melek yardımcısı olsun, yedi melek onu korusun; o kadar cenazenin içinde bir bebek doğdu, bir can dünyaya geldi dedim, ağlamaya başladı. Bebeği uzattım Meleknaz'a, kucağına vermek istedim, bebeğe hiç bakmadı, başını öte yana çevirdi, eliyle de götür buradan der gibi bir işaret yaptı. Nergis zaten bambaşka bir dünyadaydı, bebekle hiç ilgilenmedi, gözünü ölülere dikmiş, ay ışığı altında kaskatı kesilmiş yüzlerine bakıyor, öne arkaya sallanıp duruyordu hiç ses çıkarmadan.

Bebek ağlıyordu tabii, kucağıma alıp salladım, etrafta tehlikeli adamlar vardır, bebek sesini duyup bizi bulurlar diye korkuyordum ama bebek susmak bilmiyordu. Meleknaz dedim, bu bebeğe meme vermezsen ağlamasını kesemeyiz, yapma ne olursun, hepimizi tehlikeye atma. Bu sözler üzerine bebeği kucağına aldı, önce sütü gelmedi ama aç bebek durmadan emiyordu onu, olanca gücüyle çekiştiriyordu. Sonra süt geldi, bebek doydu; yine kucağıma aldım, sallayarak uyuttum, biz de aç susuz biraz uyuduk.

O gün öyle geçti, akşam yine yola çıktık, bebeği ben taşıyordum, ağladığı zaman emzirmesi için Meleknaz'ın kucağına veriyordum, sesini çıkarmadan emziriyor ama bebeğin yüzüne hiç bakmıyordu. Sonra o olay oldu. Hiç beklenmedik anda oldu.

Burada Zilan sustu, yüzü soldu, devam etmesini isteyince, bunu anlatmasam olmaz mı, dedi, devam et lütfen dedim, yüzüme nefretle baktı, bunları anlattıran zalime duyduğu nefreti gözlerinde okudum.

Bir sabah uyandığımda Nergis'i yanımda göremedim, bir tepenin başındaydık, araya araya aşağıdaki uçurumda olduğunu gördüm. Kendini atmıştı, yuvarlanarak aşağı indim, kayalar, dikenler her yanımı yırttı, sürüne sürüne yanına gittim, hâlâ yaşıyordu ama kolları bacakları kırıktı, kucağıma koyduğum başı da kandan sırılsıklam olmuştu. Gözlerini açtı, onu gördüğümden beri ilk kez konuştu. "Ben bir insandım abla" dedi, son sözleri de bu oldu zaten, başka bir şey demedi. Onun küçük bedenini gömmek istedim, kayalar çok sertti, kazacak toprak yoktu yoksa tırnaklarımla kazardım. Çaresiz oradan taşlar, kaya parçaları topladım, Nergis'in üstünü onlarla kapladım. Güneşe dönüp dualarımızı ettim, Nergis'i Tavuse Melek'in şefkatine emanet ettim, sonra tırmanıp Meleknaz'ın yanına gittim, olup biteni anlattım. Nergis'i kutsal Şengal Dağı'na emanet edip oradan ayrıldık.

Meleknaz bebeği emzireceği zaman alıyor, sonra bana veriyordu. Açtık, susuzduk, çok yorgunduk, bebeği taşımakta zorluk çekiyorduk, ayrıca Meleknaz da bebeği istemiyordu. Bir seferinde kayanın dibinde bıraktı ölsün diye ama bir saat yürüdükten sonra kıyamadı, geri döndü, oradaki kayanın gölgesinde dinlenirken bebeğe yine süt verdi. Açlıktan otları yoluyorduk kaç gündür, geviş getiren hayvanlar gibi acı tatlı otları çiğneyip duruyorduk. O gün Meleknaz gel dedi bana, sol memesini ağzıma verdi, beni emzirdi. Süt ılıktı, çok tatlıydı, ana sütüydü, tatlıydı, Meleknaz anam olmuştu, beni besliyordu. Hayat suyu gibi gelmişti o süt, sonra iki avcumu birleştirmemi istedi, birleştirdim. Meleknaz sağ memesini sıkarak avcuma süt sağdı, sonra eğilip avcumdan kendi sütünü içti, o süt bizi hayatta tuttu.

Sonra dedim ki, Meleknaz, bu bebeğe bir ad koymalıyız, adsız Ezidi bebek olmaz, günahtır, adı ne olsun istersin? Bilmem dedi, ben karışmam. Babası kim olursa olsun dedim, bebeğin bir suçu yok ki, o da bir can. Onca tecavüzden sonra çocuğun babasını bilme olanağı yoktu zaten. Bu çocuk sana Tavus'tan hediye geldi dedim, hem bak ikimizin de hayatını kurtardı, sütün bizi hayatta tutuyor, Nergis diyelim mi adına diye sordum, diyelim dedi. Şengal'de bıraktığımız Nergisimin adını, Şengal'de doğan yavruya verdik. Ertesi gün bebeğin kör olduğunu fark ettim. Gözleri beyaz bir tabakayla kaplanmış gibiydi, hiçbir şey görmüyordu. Daha sonra kamptaki doktorlar, hamilelik sırasında geçirilen birtakım hastalıkların bu durumu yaratabileceğini söylediler. Meleknaz çocuğu istemiyordu ama emzire emzire alıştı, herhalde kör olduğu için de acıdı. Bütün gücümüzü kaybettiğimiz anda bir tepenin ardından silahlı insanlar çıktı. Üç kişilerdi, omuzlarında tüfekler vardı, bize doğru yaklaştıkça üçünün de kız olduğunu fark ettik. Esmer, sırım gibi kızlardı, taş çatlasın 17-18 yaşındalardı. Kim olduğumuzu sordular, Ezidi olduğumuzu öğrenince bize yardım ettiler, su verdiler, ekmek verdiler, sonra bizim geldiğimiz yöne doğru yürüyüp gittiler. Size bu zulmü yapanları öldürmeye gidiyoruz, dediler. O taraftan silah sesleri duyuluyordu. Dağı iniş daha kolay oldu, suyumuz ekmeğimiz sütümüz de olunca, tırmanmak kadar zor gelmedi. Düze inince Rojava'da bizi karşıladılar, bir köye götürdüler, karnımızı doyurdular, temizlediler, Kamışlı diye bir yerden Türkiye'ye geçirdiler. Sonra Türkler bizi bu kampa yerleştirdiler, tedavi ettiler, işte, hepsi bu.

# Bu dünya bir penceredir / Her gelen baktı geçti

Ertesi gün Mardin'de bir dükkânın önünden geçerken, türkü söyleyen bir ses çalınıyor kulağıma. İçerdeki usta hem telkâri yapıyor hem de kadim bir türkü söylüyor. Ezgiyi biliyorum ama o gün ilk kez sözleri dikkatimi çekiyor: "*Bu dünya bir penceredir / Her gelen baktı geçti*" diyor adam yanık bir sesle. Doğru diye düşünüyorum, çok doğru. Felsefeye falan meraklı değilim, hatta böyle kahvehane ağzıyla günlük felsefe yapanlara, hayatın anlamı gibi laflar edenlere çok bozulurum ama bugünlerde daha da çok kızıyorum. Dünyanın gelmiş geçmiş bütün filozoflarına, bütün şairlerine, bütün yalvaçlarına, bütün ermişlerine kızıyorum, onca kitap niye yazıldı diye düşünüyorum, ne gereği vardı, o kitaplıklar, o konferanslar, o toplantılar; o kendini matah bir şey zannеden politikacılar, benim gibi gazeteciler, dünyayı kurtaracakmış gibi ciddi yüz ifadeleriyle ekrana çıkan çokbilmişler, üniversiteler, ben var ya ben diyenler, hepimizi toplasalar bir incir çekirdeğini doldurmayız diye düşünüyorum. Hele o zenginler, hele o paraya, kata, yata tapanlar, hele o gösteriş düşkünleri. Hepsini o süslü saatleriyle, pırlanta yüzükleriyle, limuzinleriyle birlikte gömmeli diye düşünüyorum, aman ayrılmasınlar onlardan. Sokaktan geçerken, telkâri ustasından duyduğum o türkü takılıyor dilime: *"Bu dünya bir penceredir / Her gelen baktı geçti"* diye tekrarlıyorum durmadan. Felsefe bundan başka nedir ki diyorum; raf çökerten onca kitap, onca üniversite, anlı şanlı felsefe profesörleri, sözüm ona varlığı sorgulayanlar bundan başka bir şey söyleyebilirler mi? Ya o din âlimi geçinenler? Din alanlar, din satanlar, laf kalabalığından başka ne söylüyorlar? Onların bütün laflarını da bir Karadeniz türküsünün iki dizesi açıklıyor. *"Bu dünya yalan dünya / Öteki de şüpheli."*

Zilan'la konuştuktan sonra gözüme her şey saçma sapan görünmeye başladı. Bir şeyler yapıyorum, yürüyorum, konuşuyorum, yemek yiyorum yani her zaman yaptığım işleri sürdürüyorum ama nasıl anlatsam, bir boşluk duygusu içinde. Sanki içimde derin bir hiçlik var.

Bu boşluğu doldurmak için bu satırları yazmaya çalışıyorum, belki de kitap olur ama itiraf edeyim ki bunun amacı ne, bilmiyorum. Yazsam ne fark edecek, yazmasam ne fark edecek diye düşünüyorum. İnsanlar okusa ne olur, okumasa ne olur diye düşünüyorum. İşte Zilan'ı dinlediğim günden beri ruh durumum bu, Şengal Dağı'nda taşların altında yatan Nergis'i düşünüyorum sık sık ve hayatta bir tek amacım olduğunu hissediyorum; bir tek, sadece bir tek amaç: Meleknaz denilen kızı bulmak, onunla konuşmak. Sanki içimde açılan derin boşluğu doldurabilecek tek kişi o. Yaza yaza sonunda bu kitabı neden yazdığımı da buluyorum: Derdim, olanları dünya âleme duyurmak falan değil, insanları bakın neler oluyor bu dünyada diye sarsmak da değil, bunların hepsini Angelina Jolie'ler benden kat kat iyi yapıyor. Ben sadece kendimi tedavi etmek için yazıyorum, insan denilen yaratıkların arasında yaşama gücünü tekrar bulabilmek için. Daha doğrusu öyle sanıyorum. İnsanları pençesine almış, çöl hecinleri gibi hepimizin ağzını kan içinde bırakan "harese"den kurtulmak için yazıyorum ve zaman zaman kendimi şu sözü tekrarlarken yakalıyorum: "Ben bir insandım!"

Mardin'in daracık sokakları, taş binaları, zamanın tozları altında yitip gitmiş atmosferi de beni boğuyor artık, içimdeki sıkıntıyı büyütüyor. Zamanın geriye doğru aktığı bu şehirden kaçmak istiyorum, 21. yüzyıla dönmek istiyorum ama gitmeden önce yapmam gereken iki iş var: Hüseyin'in hikâyesinin sonunu öğrenmek ve Meleknaz'ın izini bulmak.

Birincisi kolay ama ikincisi çok zor bir iş. Kampta konuştuğum insanlar da bilmiyordu kızın nerede olduğunu, Hüseyin'den sevgiyle söz ediyor, onun ne kadar iyi yürekli, ne kadar yardımsever, ne kadar harika bir insan olduğunu anlatıp duruyorlardı: Ölümüne de çok üzülmüş, günlerce yas tutmuşlardı ama o iyi adamın Meleknaz'a âşık olup yetkililerden izin alarak onu evlenmek üzere alıp götürdüğünden başka bir şey bilmiyorlardı. Meleknaz kamptan ayrılmadan önce Zilan'ın boynuna sarılmış, bir ev kurunca onu da oradan çıkaracağına, birlikte yaşayacaklarına dair yeminler etmiş, sonra da kör bebeğini kucaklayarak gitmiş. Bütün bildikleri bu kadardı. Nasıl bulacağım ben bu kızı diye düşünmekten bir hal oldum, sonunda bunu bilse bilse yine Aysel bilir diyerek ertesi gün, o yaslı evin, üstüne asılmış marullardan neredeyse görünmeyen masmavi kapısını çaldım.

Kör istedi tek göz Allah verdi iki göz derler ya, o gün şansım yolunda gitti, evde hem Aysel'i hem de ertesi gün Amerika'ya dönmeye hazırlanan Hüseyin'in Salim Abisini buldum. İki kardeş gümüş zarflı fincanlarda sabah kahvesi içiyorlardı, ben de katıldım onlara. Ortada hüzün dolu bir sessizlik vardı. Aysel, beline kadar inen iki belik saçını kesip mezara attığı için kara bir başörtüsü takıyordu, hem de yas işareti olarak. Sonra dedim ki, Aysel ben de iki güne kadar ayrılacağım Mardin'den ama Hüseyin'e ne olduğunu öğrenmeden gitmek istemiyorum. Yazacağım yazıda onun anısını yaşatmak için her şeyi bilmeye ihtiyacım var. Matemdesiniz, saygı gösteriyorum ama ne olur anlat, Hüseyin o kızı manastırda bulduktan sonra ne oldu?

Bizlerden epey büyük olduğu için çocukluk günlerimden hayal meyal hatırladığım Salim Abi de sigarasından derin nefesler çekerek, dertli, sıkıntılı bir suratla bizi dinliyordu.

Aysel dedi ki: Kapının yanında duran eski, yeşil Opel'i gördün mü, hani tamponu düşmüş külüstür arabayı, o rahmetli abimindi işte. Bizden kaçtıktan sonra manastıra sığınan kızı oradan alınca, arabaya koyup dosdoğru bizim eve geri getirmek istemiş. Kız gelmem de gelmem diye diretince, evde marul olmayacağına söz vermiş, artık neye güvenerek verdiyse ama kız evin önüne gelir gelmez kapıya asılı marulları görünce hemen gözlerini kapatıp sırtını dönmüş, arabadan inmemiş. Kız evden kaçtıktan sonra annem sadece marullarla yetinmemiş, kapıyı da alelacele maviye boyatmıştı. Şeytanı evden uzak tutmak için evde hatim indirtiyordu. Öylesine korkmuştu ki annem, bu belayı def etmek için çırpınıyordu. Şimdi de, gördünüz mü haklı çıktım, o şeytanın kızı, aslan gibi oğlumu yedi diyerek ağlıyor, odasından pek ender çıkıyor. Kendini iyice namaza niyaza, Kuran okumaya verdi. Abim kızı getiremeyince kendisi geldi. Kapıyı ben açtım, gel abi dedim ama annem girme diye bağırdı, sakın girme! Bunun üstüne abim şaşırdı, hadi kızı anlamıştı da annesi kendisini de mi evden kovuyordu.

Anne dedi beni babamın evine almıyor musun yoksa? Annem, yok evladım dedi, sen benim gözümün nurusun ama o kıza dokunduysan, konuştuysan aptes al öyle gir eve. Abim itiraz etmeye çalıştı, kızın bir suçu olmadığını, şeytana tapmadığını anlatmaya çalıştı ama annem Nuh dedi peygamber demedi. Beni ana sayıyorsan dediğimi yaparsın. Bezlerini yıkadım şu ellerimle, tırnaklarımın arasında bokun duruyor hâlâ, emeklerimi helal etmem sana, dedi. Abim o zaman çaresiz kaldı, annemi en çok sevip sayan oydu, öyle derinden bir of çekti ki içim sızladı, o zaman bebeği verin bari, anasına götüreyim dedi. Zavallı bebek uyuyordu, çok ısınmıştım ona, baktıkça içim sızlıyordu. Kucağıma aldım, kapıya getirip abime verdim, abim arabaya binip gitmeden önce, adı ne bu bebeğin abi dedim, Nergis dedi. Ne de güzel adı varmış talihsiz yavrunun dedim ama annem kızdı bana. Abimin bebeği kıza verdiğini, sonra arabayı çalıştırıp hızla uzaklaştığını gördük. Annem bir şey belli etmiyordu ama ben acaba abim hiç gelmeyecek mi diye korkuyordum, neyse ki korktuğum gibi olmadı, akşam geldi. Merak etme anne dedi, o kız yok, caminin şadırvanında aptes de aldım, için rahat mı şimdi? Rahat evladım dedi annem, sarılıp abimi öptü, Allah senden razı olsun Hüseyinim, her zaman muti bir evlat oldun, öteki iki oğlum gibi beni bırakıp dünyanın öteki ucuna gitmedin, diyerek abimin saçlarını sıvazladı. O akşam yemekte çok neşeliydi annem, çünkü soramıyordu ama abimin kızı kampa bırakıp terk ettiğine, doğru yola geldiğine inanmak istiyordu. Onu Safiye'yle barıştırma planları bile yapmaya başlamıştı. Gençlikte olur böyle delilikler, oğluma da şeytan musallat oldu, çok şükür doğru yolu buldu sonunda diyeceğini söylüyordu. Ama durum farklıymış, abim annem yattıktan sonra her şeyi anlattı bana.

İstanbul'da çok yakın bir askerlik arkadaşı varmış, ona telefon etmiş, durumu anlatmış, kızı ve bebeğini bir süre evlerinde misafir etmelerini istemiş sonra da onları uçağa bindirip İstanbul'a göndermiş. Arkadaşıyla eşi, onları havaalanından alacak, abim İstanbul'a gidene kadar misafir edeceklermiş; hem de seve seve demişler. Ben bu kızdan vazgeçemem Aysel, dedi bana abim, annemin saçmalıkları yüzünden onu bırakamam, kusura bakma. Tam bir karasevdalı gibi konuşuyordu. O zaman abimi tamamen kaybettiğimizi anladım, ağlamaya başladım ama işlerin bu kadar kötü olacağını bilmiyordum elbette.

Abim iki gün daha kaldı evde, dışarıdaki işlerini, ne işleriydi onlar bilmem ama halletti, borçlarım var diyordu, insanlardan para toplayıp kamptaki göçmenlere veriyordu sanırım, bu yüzden borçlanmış olduğunu tahmin ettim, yoksa kendisine para harcamazdı, arabası bile neredeyse hurda, görmedin mi? Arkadaşlarıyla vedalaştı, ne yaptı bilmiyorum, sabah çıkıp akşam dönüyordu eve ama üçüncü akşam gelmedi. Belki de arkadaşlarıyla kalmıştır diye hiç merak etmedik doğrusu, çünkü sık sık buluşurlardı, meğer öyle değilmiş durum.

Akşam kapımız çalındı, tanıdık bir polisti gelen, abin biraz rahatsızlandı Aysel Hanım, dedi, hastaneye kaldırdık, hadi gidelim. Annem aman Allahım diye bir çığlık kopardı, başörtüsünü kapıp neredeyse benden önce dışarı fırladı. Yolda polise ne olduğunu sorup durduk ama pek bir şey anlatmadı, sadece bir şeyler geveledi. Hastaneye varınca abimin ameliyatta olduğunu öğrendik, felaketi o zaman anlattılar bize. Abim o akşamüstü eve dönerken, tam caminin önünden geçerken sokak arasından biri fırlamış, Allahuekber diye bağırarak elindeki tabancayla abime ateş etmeye başlamış. Abim yere düştüğü halde ateş etmeye devam etmiş, sonra Allah'ı şeytanla aldatmaya kalkanın akıbeti budur, diye haykırarak oradan uzaklaşmış.

Silah sesini duyanlar oraya koşmuş, kanlar içindeki abimi hemen hastanenin aciline getirmişler. Abim üç saat kaldı ameliyatta, biz de üç saat öldük öldük dirildik. Sonra yeşil kıyafetler içinde bir doktor çıktı ameliyathaneden, bize gözünüz aydın dedi, iki kurşun isabet etmiş ama hayati organlarına zarar vermemiş, şu anda yoğun bakıma alıyoruz, yarın normal odaya çıkar. Annem de ben de sevinçten ağlamaya başladık, ben Allah razı olsun diyerek elini öpmek istedim doktor beyin ama o öptürmedi. Çok iyi bir adamdı, bize bilgi verdi, içimizi rahatlattı hatta abimi yoğun bakımda camın arkasından görmemize bile izin verdi. Zavallı abim, yüzü bembeyaz kesilmiş, burnuna hortumlar sokulmuş, kolunda serumlarla kendini bilmeden yatıp duruyordu. İki kurşunun biri omzuna, biri sol koluna saplanmış. Polisler de vardı hastanede, bize anlattıklarına göre bu saldırıyı Mardin'deki IŞİD'ciler yapmış. O Yezidi kızla evlenmek, nikâh kıymak istediği için, hem de Müslüman olmayı kabul etmeyen bir Yezidi kızla. Onlar ancak cariye, ancak köle olabilirlermiş. Saldırganı yakalamışlar, Mardin'in köylerinden İdris adında bir gençmiş. Yaptığına değil, sadece Hüseyin'i "gebertemediğine" üzülüyormuş. İfadesinde, bu adamın yaptığı İslam'a küfürdür, bu yüzden cezalandırılması gerekiyordu, demiş. Allah düşmanlarının tek cezası ölümdür, diyormuş. Benim yarım bıraktığım işi nasıl olsa savaşçılarımız bitirir, bizim önümüzde kimse duramaz, hilafet Allah'ın intikam kılıcıdır, diye öfkeyle parmaklıklara vuruyormuş. Annem bunları duyunca daha beter gözyaşı dökmeye başladı. Polise, biz Müslüman bir aileyiz evladım, dedi. Ailemizde kaç tane hacı var, hoca var, oğlum da dini bütün bir gençtir. Bize niye böyle iftiralar atıyorlar. Polis annemi yatıştırmaya çalışıyor, biz biliyoruz teyzecim diyordu, sizin dininizden diyanetinizden kimsenin bir kuşkusu olamaz. Elhamdülillah hepimiz Müslümanız. Ama keşke oğlunuz da o şeytan kıza uymasaydı. Annem, gözü kör olsun inşallah o kızın, dedi. Başımıza neler getirdi, gözü kör olsun, yatcağızı kara gelsin, o ışıkçılara söyleyin, Adviye Teyze'nin oğlu dini bütün bir Müslümandır deyin, bir daha zarar vermesinler yavruma.

Annem IŞİD'e sürekli ışık derdi, ne kadar düzeltmeye çalışsak da anlamaz, ışık demeye devam ederdi. Anne derdik tane tane, Irak Şam İslam Devleti'nin baş harfleri bunlar. Yani IŞİD. Ben de öyle söylüyorum ya evladım derdi ışık işte, ışık diyorum. Annemin böyle yeni öğrendiği kelimeleri yanlış söylemesi hep güldürürdü bizi. Meteorolojiye mitralyöz, etajere drajer derdi ama bu sefer gülmedik. IŞİD'in ne olduğunu anlamıyordu. Allah o çocuklara da doğru yolu gösterir inşallah, bizim dinimizde zorlama yoktur, kafa kesmek falan ne demek, tövbe tövbe. Annemin bildiği din, namazdan oruçtan, zekâttan, fitreden, fakirlere yardım etmekten ibaretti. Aklı başka bir şeye ermezdi bu yaştan sonra. Bu yüzden aslında IŞİD'in İslam adına kafa kestiğine inanmazdı. Bunların hepsi gâvur iftirası der geçerdi. Ama o "ışık"çılar, sevgili oğlunu vurunca "gözü kör olasıca şeytan"a dönüştüler.

Abim bir hafta içinde hastaneden çıktı, evde çiçekler gibi baktık ona, en sevdiği yemeklerden yaptık, meftune pişirdik, tepsiyle yatağına götürdük ama hiçbirini yemedi. Bitkin olduğunu görüyor, kahroluyorduk. Annem bunu uğradığı saldırıya yoruyordu ama ben adım gibi biliyordum ki sevda çekiyor, Meleknaz'dan ayrı düşmenin acısı kor gibi yüreğini yakıyor. Canım abim, gözüm abim yapma böyle, diye yalvarıp durdum. Bir yandan da saldırganın bu iş bitmedi, öteki savaşçılar işi bitirir lafı yüreğimizi titretiyordu. Annem muskalar yazdırdı, nefesi kuvvetli ne kadar hoca varsa hatimler indirtti, bununla da kalmayıp Süryani komşularımız yardımıyla kiliselere gidip Meryem Ana'ya mumlar dikti, dualar etti. Meryem Anamız, senin oğluna çok kötülük yaptılar, benim halimi ancak sen anlarsın, kurban olim kurtar benim yavrumu, diye gece gündüz dua etti. Olan bitenin, hâlâ o şeytana tapan kız yüzünden başımıza geldiğine inanıyordu. Ana kız çaresiz kalmıştık, bu arada Amerika'daki abimler de olayı duymuşlardı tabii. Önce biz onlara bildirmek istemedik ama komşulardan, arkadaşlardan duymuşlar. Salim Abim, niye haber vermediniz diye epey kızdı bize, sonra madem durum böyle, yollayın Hüseyin'i buraya dedi. Seyahat edecek duruma gelir gelmez, atlasın uçağa gelsin. Allah aşkına ihmal etmeyin, hemen gelsin, çok tehlikeli, ben biletini göndereceğim, burada tedavisini yaptırırız, yoksa IŞİD belasından kurtaramazsınız çocuğu, mutlaka öldürürler.

Bu sözler üzerine annem çok ferahladı, eskiden niye ta dünyanın öbür ucuna gidip de beni yalnız bıraktı bu hayırsız oğullarım diye söylendiği abimlere, Salim Abime ve Abdullah Abime dualar etmeye başladı.

Ne var ki Hüseyin Abimi buna razı etmek çok zor oldu. Meleknaz'ı bırakıp da Amerika'ya gidemem diyordu, bana söylüyordu tabii bunları, anneme değil. Ben de, önce sen git sonra onu da aldırırsın abi, diye ısrar ediyordum. Allah korusun seni öldürürlerse, Meleknaz'a da çocuğa da hiçbir faydan olamaz ki, diyordum durmadan.

Salim Abim, hemen pasaport başvurusunu yapın, tanıdıkları araya koyun, en kısa zamanda pasaport çıkarın, ben buradan davetiye yollayacağım, onunla Amerika vizesi alması da kolay olur diyordu. O Cakson denilen yerden her gün arıyor, bir an önce başlayın bu muamelelere diye ısrar ediyordu. Meleknaz Suriye'den sığınmacı olarak geldiği, onlara verilen mülteci kimliğiyle yaşadığı için yurtdışına çıkması mümkün değildi. Bir gün Abdullah Abimle konuşurken, abi biz Hüseyin'e söz geçiremiyoruz, sizi sayar, ne olur siz konuşun, dedim. Salim Abim de, Abdullah Abim de onunla uzun uzun konuştular. Seni buraya alalım, bizimle birlikte çalış, o kızla çocuğunu da sonra getirtiriz, burada rahat rahat yaşarsınız, diye inandırdılar garibimi.

Hüseyin Abim oralarda da Ezidi düşmanlığı var mı diye sordu, yok dediler, telefonun hoparlöründen ben de dinliyordum, burası Amerika, her inançtan insan serbestçe yaşar, bizim oralar gibi değil, kimse kimsenin dinine karışmaz, özgürlükler ülkesi diye epey dil döktüler, daha sonra Meleknaz'ı ve çocuğu da getirteceklerine yeminler ettiler, hatta o kör çocuğu Amerika'da ameliyat ettirmenin daha iyi olacağını söylediler. Zavallı Hüseyin Abim umutlandı, peki dedi, o zaman geliyorum abi.

Çok sevindik, diğer abilerim gibi onun da hasretini çekecektik, anamla ben kadın başımıza kalıverecektik ama canı sağ olsundu da, başka bir şeyin önemi yoktu. Allah razı olsun tanıdıklar yardımcı oldu, pasaportu hemen çıkardık, abimlerden gelen davet mektubuyla vize de alındı. Çünkü abimler o Cakson denen yerde pizzacı açmışlardı, durumları da iyiymiş duyduğumuza göre, itibarları, gelirleri yerindeymiş. Bu yüzden Hüseyin Abime vize kolay çıktı. Bu arada kolu biraz tutuk kalsa da iyileşmişti. Bir gün onu ağlaya ağlaya uğurladık. Annem arkasından su döktü, gözyaşı da döktük tabii. Yalnız giderken abim çok tuhaf bir şey söyledi:

"Beni alıp tekrar karnına soksan bile koruyamazsın artık anne!"

Niye böyle söylediğini anlayamadık, içine mi doğmuştu garibimin nedir. Sonra gitti Hüseyin Abim, önce İstanbul'a gitti kızı görmeye, sonradan da Amerika'ya, işte böyle oldu.

# Amerika, Amerika

Badem gözlerinden yaşlar aka aka bunları anlatan Aysel'i dinlerken benim de yüreğim burkuldu doğrusu. Azrail'den kaçmak için Bağdat'tan Semerkand'a giden ama Azrail'in, zaten senin canını burada alacaktım, iyi ki geldin, beni Bağdat'a kadar gelme zahmetinden kurtardın, dediği zavallı vezirin hikâyesi aklıma geldi. Hüseyin de, Aysel'in Cakson dediği Jacksonville'e Azrail randevusuna koşmuştu demek ki. Onun Salim ve Abdullah abilerini, çocukluktan hayal meyal hatırlıyordum. Biz Mardin'den ayrıldıktan sonra Amerika'ya gitmişler, önce Şikago'da bir pizzacıda çalışmışlar, çok sıkıntı çekmişler ama bu mesleği öğrenmişler. Sonra Jacksonville diye bir yere taşınıp kendi lokantalarını açmışlar, evlenip çoluğa çocuğa karışmışlar.

Mardin'de herkes onlardan gıptayla söz ediyor, filmlerde gördükleri Amerikan hayatını yaşadıkları için kıskandıklarını da gizleyemiyorlardı. Sanki sen kıskanmıyor musun böyle bir hayatı diye düşündüm, İstanbul'un keşmekeşi içinde, her gün şiddet haberleri içine gömülerek, bencil ve sert bir kadına nafaka ödeyerek (Bu arada yıllık zammı verecekler mi acaba? Bazen patronlar bu yıl iyi geçmedi diye vermiyor çünkü isteyen çekip gitsin diyorlar ama bu işsizlikte nereye gideceksin!), bomba patlar diye AVM'lere girmekten korkarak, sinemaya bile gitmeye çekinerek yaşanan bir hayata hayat demek mümkün mü? İbn Haldun ne kadar haklıymış diye düşündüm, coğrafya kaderdir derken ne kadar haklıymış. Amerika'da doğanlar mutlu ve zengin bir hayat sürerken bizim kaderimize Fuat Amca'nın anlattığı harese düşmüş, diken yedikçe kanayan, kanadıkça yemeye devam eden, kendi kanında boğulan develer gibiyiz.

Sonra aklıma zavallı Hüseyin geldi. Belki de her insan kaderini birlikte taşıyordur dedim kendi kendime. Hani Kavafis'in "şehir ardından gelir" dediği gibi. Hüseyin de Ortadoğu kaderini Amerika'ya taşımış olabilir miydi? Galiba bu Mardin çıldırtacaktı beni, zamanın geriye doğru akışı, bu metafizik dünya en aklı başında insanı bile mistik bir yaratık haline getirmeye yeterdi. Artık doğru dürüst düşünemiyorsun diyordum kendi kendime, sağlıklı düşünme yeteneğini kaybettin, kafanda masal ile gerçek birbirine karışıyor, durmadan tuhaf sorular soruyorsun. Suriye'de iç savaş olmasaydı, dünya bu savaşı körüklemeseydi, IŞİD'den petrol alınmasaydı, Meleknaz'ın, Zilan'ın, Nergis'in başına bunlar gelmeyecekti, köylerinde evlenip çoluk çocuğa karışarak yaşayıp gideceklerdi. Üç milyon mülteci Türkiye'ye gelmeyecek, Hüseyin Meleknaz'la karşılaşmayacak, Safiye'yle evlenip Mardin'de hayatını sürdürecekti. Dünya bu kadar önyargılı olmasaydı, masum tavuskuşu hayranlarının şeytana taptığına inanmayacaktı...

Böyle düşüne düşüne bir yere varamıyordum elbette ama her şeyin çözümü Meleknaz'ı görmeme bağlıymış gibi şiddetli bir isteğe kapılıyordum. Arada bir o yumuşak mendili çıkarıp köşesindeki siyah ve kırmızı Melek Tavus'u okşamam da cabası.

Salim, ağırbaşlı, fazla konuşmayan, dertli görünüşlü, oturaklı bir adamdı. Aysel'in anlattıklarını sakince dinlemiş, hiç söze karışmamıştı. Araya giren yılların iki kardeşi birbirinden uzaklaştırmış olduğunu hissettim. Aralarında bir zaman ve mekân duvarı duruyor gibiydi. Aysel arada bir abisine çekingen bakışlar atıyordu. Belki de niye Hüseyin'i oralara götürdü de başına bu işleri getirdi diye gizli gizli suçluyordu, kim bilir? İnsan her acıya bir sorumlu bularak rahatlama yolunu seçmez mi zaten? Salim ertesi gün Amerika'ya dönüyordu. Kardeşinin cenazesini getirip onu gömdükten sonra buralarda yapacak bir işi kalmamıştı. Onu havaalanına götürmeyi önerdim; izninizle sizi ben bırakayım alana dedim, zaten foto muhabirimizle birlikte biz de İstanbul'a dönüyoruz diye ısrar ettim. Niyetim yolculuk süresince onunla da konuşmaktı. Kabul etti.

# Salim anlatıyor

Annemle Aysel'e ayrıntıları anlatmadım, anlatamadım İbrahim Bey çünkü dayanamazlardı, ben bile erkek halimle düşündükçe aklımı kaçıracak gibi oluyorum. Domuz kanı sürülmüş bıçak ne demek yahu, domuz kanı sürdük diye bağırarak çocuğu kocaman kasap bıçağıyla delik deşik etmek nasıl bir sapıklık. Offff. Böyle olacağını bilseydim Amerika'ya getirtir miydim hiç? Belki arabada sigara içmemi istemezsiniz İbrahim Bey ama dayanamıyorum, Amerika'da bırakmıştım, orada pek içilmiyor biliyorsunuz ama bu felaketten sonra tekrar başladım. Jacksonville'de küçük bir pizzacımız var. Öyle ahım şahım pahalı bir yer gelmesin aklınıza, kenar mahallede, maalesef suçun bol olduğu bir bölgede, ucuz bir yer, daha çok mahalle sakinleri gelir, bazen devriye gezen polisler de uğrar, aralarında ahbap olduklarımız var. Olayın ayrıntılarını da onlardan öğrendik zaten.

Hüseyin'i öldüren iki manyak, şimdi hapisteler tabii, beyazların üstünlüğünü savunan ırkçı bir örgüte mensupmuş bunlar; siyahlardan, Latinlerden, Asyalılardan nefret eden faşist bir örgüt, Amerikalı olmalarına rağmen Almanca bir isimleri var; pek aklımda tutamıyorum isimlerini, bunlar beyinleri iyice yıkanmış Hitlerci gençler, bütün yabancılardan nefret ediyorlar ama son zamanlarda en çok nefret ettikleri Müslümanlar. Galiba Oliver adlı katil gencin abisi Irak'ta savaşırken ölmüş, bu yüzden Müslümanlara duyduğu nefret büyümüş. Ormanlarda atış talimleri falan yapar, faşist marşlar söyler, eğitim görürlermiş. Ben hiç karşılaşmadım bu serserilerle, artık mahkemede göreceğiz lanet suratlarını. Bir avukat tuttuk, inşallah en ağır cezalara çarptırılmaları için uğraşacağız, keşke elektrikli sandalyede görmek kısmet olsa. Daha önce biz böyle bir olay yaşamadık; bir iki kez camlarımızı kırdılar, bir kez tıfıl bir öğrenci başarısız bir soygun denemesi yaptı ama bunların hepsini polis arkadaşlar sayesinde def ettik. Hüseyin gelince önce bizim evde kaldı, karım Amerikalı, üç de çocuğum var. Hüseyin bir süre sonra lokantaya gelip çalışmaya, işi öğrenmeye başladı. Daha çok temizlik işleri yapıyordu, lokanta kapandıktan sonra yerleri, masaları, tezgâhın üstünü silip temizliyor, sonra dükkânı kapatıp eve geliyordu. Hiç gerek yok, dinlen, İngilizce kursuna git daha sonra seni sağlık alanında bir işe yerleştiririz, oturma çalışma izni alırız diyorduk ama bizi dinlemiyor, ille de dükkânda çalışmak istiyordu. Bir yandan da İngilizcesini ilerletmeye çalışıyordu. Yengesiyle ve çocuklarla İngilizce konuşmak için çabalıyor, yaptığı her hatada çocukların katıla katıla gülmesine aldırmadan o da gülüyordu. Ne kadar iyi yürekli bir insan olduğunu biliyorsunuz İbrahim Bey kardeşim, melek gibi bir çocuktu. Biz gittiğimizde Amerika'da İslam düşmanlığı yok denecek kadar azdı ama

11 Eylül'den sonra çok arttı. Bir de bu bomba patlatan manyaklar, canlı bombalar, o katiller var ya, işte onlar çok azdırdı ortalığı. Biz tanıdıklarımıza, yahu bunların İslam'la bir ilgisi yok, hepsi ruh hastası diye anlatmaya çalışıyorduk ama kendi eşlerimizi bile ikna edemiyorduk doğrusu, her terör olayından sonra, manyaklardan biz sorumluymuşuz gibi gereksiz bir suçluluk duygusuyla dönüyorduk eve. Margaret beni tanıdığı için, teselli etmek istediği için, demek çeşit çeşit İslam var, hepsi bir değil diyordu demesine, ne var ki bunu başkalarına anlatamıyorduk. Hele şu IŞİD belası çıkınca durum daha da kötüleşti. Amerikalı Avrupalı gazetecilerin kafalarını kesmeleri, pilotu kafeste yakmaları, üstelik bunları videolarla yayınlamaları, biz Müslümanlar için dahi dayanılacak şeyler değildi. Zavallı kardeşim de bu sapıkların kurşunlarına hedef olmuştu. Kısacası Amerika'da da huzurumuz kalmadı artık. Çoluk çocuk korkuyoruz, huzursuzluk kapladı içimizi. Burada da durum aynı, belki daha kötü. Zaten dünyanın hangi köşesinde huzur kaldı ki...

O akşam lokanta iyi iş yaptı, son müşteriler gittikten sonra kasayı toplarken birer Bud içtik, yani bira, yorgunluk birası. Başımıza gelecekleri bilmediğimiz için üçümüzün de morali çok iyiydi, hatta o gün Hüseyin Cezayirli bir müşteriye servis yaparken, adamın sorusu üzerine bu pizzada *pork* yok diyeceğine, *pig* yok demiş, buna güldük, Amerikalı müşteriler de güldü. O da, ne yapayım dedi, *I am Müslim* dedi. Ona *pig* ile *pork*'un farkını anlattık; biri hayvan, biri de o hayvanın eti dedik. Peki dedi, bir daha doğrusunu söylerim. Sonra Abdullah'la birlikte ayrıldık. Hüseyin her akşamki gibi yeri paspaslayacak, masaları silecek, dükkânı kilitleyip, kepengi kapatıp eve gelecekti.

Eve vardığımda çocuklar uyuyordu, Margaret ise benim gelişimi beklerdi hep, biraz hoşbeş ettik, dükkânda işlerin arttığından söz ettim, sonra yatmaya hazırlanırken telefon çaldı. Polis, Hüseyin adlı bir akrabamız olup olmadığını soruyordu çünkü üzerinde hem pasaportu hem de pizza lokantasının kartı çıkmış, o kartı izleyerek bize ulaşmışlar. Elbette dedim, kardeşim o sorduğunuz şahıs, bir şey mi oldu? İşte o zaman dünya başımıza yıkıldı sanki, hemen hastaneye gitmemizi istiyorlardı, Margaret çocuklar için evde kaldı, ben hemen arabaya atlayıp gittim, yoldan Abdullah'ı aradım, onu da hastaneye çağırdım ama oraya ulaştığımızda iş işten geçmişti! Kardeşimizin ölüsünü gösterdiler bize, polis onu teşhis etmemizi istedi, o masum bembeyaz, kanı çekilmiş yüzüne bakmak çok zordu doğrusu. İkimiz de ağlamaya başladık. Polisler de, doktorlar da, hemşireler de çok anlayış gösterdiler doğrusu. Polis tanıdıklar da geldi oraya, sonra ifade vermek üzere bizi merkeze götürdüler. Olanı biteni anlattık. Onlar da çok üzülmüştü.

Bir de şu var, unutmuşum; acil servisteki doktor –ki Hint asıllı bir adamdı– Hüseyin'in ölmeden önce birkaç cümle söylediğini anlattı, ne dediğini anlamadığı için doktor akıllılık etmiş, cep telefonuna kaydetmiş bu sözleri. Bize dinlettiler, ne dediğini sordular. Hüseyin, "Ben bir insandım" demiş iki kere, belki daha çok tekrar etmiş de bu kadarını kaydedebilmişler. Hırıltılı bir sesle, "Ben bir insandım" diyordu zavallı kardeşim.

Sonradan Abdullah'la da çok konuştuk, niye böyle söylediğini anlayamadık, hem de geçmiş zaman kullanarak. Polislerle birlikte lokantaya gittik, oradaki kamera kayıtlarını aldılar. Sonradan öğrendiğimize göre o civardaki bütün kameraları incelemişler; o iki adamı da bu sayede yakalamışlar zaten, ne kadar ısrar ettiysek de bize izletmediler ama anlattılar.

Hüseyin dükkânı kapattıktan sonra ıssız caddede yürürken karşısına o iki serseri çıkmış, bir iki şey söyledikten sonra birer bıçak çıkararak Hüseyin'i karın bölgesinden bıçaklamışlar, yere düştükten sonra da bıçaklamaya devam etmişler. Yakalandıktan sonraki ifadelerinde, Hüseyin'i dükkânda gördüklerini –demek ki müşteri kurbanı olmuştu zavallı çocuk– Müslüman olduğunu bildiklerini, hatta lokantada ben Müslümanım diye övündüğünü, propaganda yaptığını, kendilerinin de başkalarına ders olsun diye onu öldürmek istediklerini anlatmışlar. Daha önceden o bıçaklara domuz kanı sürmüşler, öldürmeden önce de Hüseyin'e söyledikleri bunlarmış; domuz kanıyla ölüyorsun, cennete de gidemeyeceksin artık diye alay etmişler. *Pig pig* diye bağırmışlar bıçakları sokarken. İfadelerinin sonunda pişman değiliz demişler, hiç pişman değiliz, Amerika'da hiçbir Müslüman kalmayana kadar savaşmaya devam edeceğiz. Düşündükçe çıldıracak gibi oluyorum İbrahim Bey kardeşim, IŞİD'in yarım bıraktığı bir işi, kendilerine Volk bilmem ne adını veren faşistler bitirdi, yani cihatçı Müslümanlar ile Haçlı Naziler ortak bir cinayet işledi. Katil olduktan sonra ha haç takmışsın boynuna, ha hilal, ne farkı var birbirinden? Dünyada bunun benzeri var mıdır Allah aşkına, bu garip cinayet de gelip bula bula bizi buldu. Hastane morgunda, Hüseyin'in yüzündeki o masum ifadeyi görseniz içiniz parçalanırdı. Madem gazetecisiniz bunu anlatın herkese İbrahim Bey; arkadaşınızın başına geleni herkese duyurun. Dünyanın ne kadar çıldırmış olduğunu anlatın ne olursunuz. Kusura bakmayın kardeşim, asabım çok bozuk, hem başınızı ağrıttım, hem de dumana boğdum, öksürttüm sizi; Hüseyin'den sonra sanki sigaraya sığındım. Karım da kızıyor, evde çocukların yanında içmeme izin vermiyor ama... çaresizlik işte.

# MELEKNAZ'A YOLCULUK

# Merhamet zulmün merhemi olamaz

Anlatılan hikâyelerle sersemlemiş durumda, içimde durmadan büyüyen bir huzursuzlukla İstanbul'a döndüğümde, aklımı toplayıp işime odaklanamıyordum bir türlü. Sanki bedenim İstanbul'a uçmuştu ama ruhum Mardin'de kalmıştı. Kavanoza kapatılmış bir sinek gibi ne kadar çırpınsam da Mezopotamya atmosferinden çıkamıyordum; taş ve güneş ve baharat ve masal ve ağır akan zaman ve çöl gizemi beni ele geçirmişti. İçime baktığımda kendimi değil bunları görüyordum. Meleknaz'ı bulmak, onu görmek, konuşmak bir saplantıya dönüşmüştü, gece gündüz onu düşünüyordum.

Biliyorum kulağa saçma geliyor ama resmini bile görmediğim bu kıza doğru çekildiğimi hissediyordum; evet evet, düpedüz çekiliyordum ona doğru. Arada bir kendimle dalga geçmeye çalışıyor, Meleknaz'ı bulma çabalarıma

"Aşkın Merkezine Seyahat" adını vererek gülüyordum. Oysa aşk falan değildi bu, belki gazeteci merakından kaynaklanan bir şeydi, ama ne yalan söyleyeyim, onu da aşıyordu zaman zaman. Hüseyinleşiyor muydum nedir? Ne var ki bu alaylar da işe yaramıyordu, huzursuzdum, yediğimden içtiğimden tat almıyordum. Arkadaş sohbetleri yavan, yaptığım gazetecilik saçma sapan geliyordu. Herhalde dünyada hiç görmediği bir kıza bu derece çekilen tek insan bendim. Eski Doğu masallarında aksakallı bir ermiş, rüyasına girdiği er kişiye bir kız tasviri gösterir, içine sevda ateşi düşen âşık da ömrü boyunca onu arayıp durur ya... Benimki öyle de olmamıştı, rüyamda bile görmemiştim kızın yüzünü, neye benzediğini bilmiyordum ama gece gündüz onu düşünüyordum. Aslında çok tuhaf bir şeydi bu. Kadınla erkeği birbirine çeken, feromon mu, koku mu, ten uyuşması mı, kişilik mi, tavır mı, davranış mı, ses mi, gülüş mü, bakış mı, boy bos mu, ruh güzelliği mi, kafa denkliği mi her neyse, hiçbiri yoktu bunların. Belki de bir hikâyeye vurulmuştum ben; evet, evet bir hikâyeye, bir kültüre, bir tarihe vurulmuştum; hiç insan bir hikâyeye vurulur mu? Oluyormuş demek ki diyordum kendi kendime. Meleknaz'ı bulma isteği zaman zaman kendini duyuran ama hiç kaybolmadan hep orada duran bir diş sızısı gibi zonklayıp duruyordu. Mezopotamya inançlarına sahip olsam, ben de şeytanın etkisine girdim derdim herhalde. Eski evimi eski karıma bıraktıktan sonra Cihangir'de kiraladığım küçük apartman dairesinin kapısına marul mu asmalıydım yoksa? Kahverengi kapıyı koyu maviye mi boyamalıydım? Bir gün bunu yapsam, karşı dairedekiler ve kapıcı ne tepki verirdi? Hele marullara! Bizim gazeteci oynattı diye polise telefon ederler miydi? Böyle düşüncelerle olayı hafifletmeye, kendimle alay etmeye çalışıyordum ama olmuyordu bir türlü, olmuyordu, içime kök salmış zehirli bir sarmaşığa benzeyen tutkuyu söküp atamıyordum.

Meleknaz ile kör bebeği İstanbul'daydı ama bu on beş milyonluk kargaşada nasıl bulabilirdim ki onları? Hüseyin'in Meleknaz'ı hangi arkadaşına gönderdiğini öğrenmek için Aysel'i çok sıkıştırmıştım, elinde bir adres, bir telefon var mıydı, tek bir isme bile razıydım ama bilmiyordu, bu konuda hiçbir fikri yoktu. Çıkmaz yola girmiştim, hiçbir ipucu bulamıyordum. Derken aklıma ilginç bir şey geldi. Belki de Meleknaz'a Nergis üzerinden ulaşabilirdim. Bebeğin tıbbi bakıma ihtiyacı vardı, iki gözü de görmeyen Nergis adında bir bebeği aramak, Meleknaz'ı aramaktan daha kolaydı belki de. Bebek nerede olabilirdi? Eğer herhangi bir evdeyse çok zordu işim ama başka yerlerde de bulunabilirdi; hastaneler, kimsesiz çocuklar bakımevi, mülteciler için sığınma evleri, yetiştirme yurtları, yetimhaneler, yardım kuruluşları... Nergis bunlardan birinde olabilirdi ya da herhangi bir doktora tedavi için götürülmesi mümkündü.

Bu tip kuruluşları iyi bilen Nihal'den yardım istemeye karar verdim. Nihal bizim gazetede sağlık haberleri yapar; hani her hafta başka bir bitkinin mucizevi etkisinin bulunduğu haberler var ya, onlardan. İyi ki de sormuşum ya da keşke sormasaymışım düşünceleri arasında gidip geldim bir süre. Çünkü İstanbul denilen gayya kuyusunda böyle yerlerin sayısı o kadar çoktu ki başa çıkılacak gibi değildi. Buna rağmen yılmadım, her akşam gazeteden çıkıp eve geliyor, internetin başına geçip bu konuda ne bulabilirsem okuyordum. Anahtar kelimeleri, isimleri yazıyor, arıyor da arıyordum. Gözleri görmeyen bebek, mülteci bebek Nergis, Suriyeli Meleknaz, yetiştirme yurtları, hastane, göz klinikleri, göz doktorları, sığınma evleri gibi aklıma gelen her türlü bileşimi deniyor, kördüğüm olmuş yumağı çözecek tılsımlı bir ipin ucunu yakalamak için çırpınıyordum.

Bu arada eski karımın istediği her şeyi yapmış, imzaları atmış, onu bir daha aklıma bile getirmeyecek biçimde hayatımdan çıkarmıştım. Meleknaz'ın hikâyesine duyduğum saf ve derin tutkuya, bu hırslı, kariyer ve mal mülk düşkünü, Batı özentisi kadının gölgesi düşmeyecekti. Tüketen insanın üreten insandan daha değerli olduğu bu yanlış ve ahlaksız döneme tahammülüm kalmamıştı artık. Değişmiştim, Mardin beni değiştirmişti. İnsanlar bunca acı çekerken, İstanbul'da en iyi suşinin nerde yenilebileceğini konuşanlara dayanamıyordum. Sayısı pek bol olan eski karım gibi plaza insanlarının daha çok tüketerek, daha çok Batılı gibi görünerek değer kazanma çılgınlığını görünce, aklıma ister istemez Şengal Dağı'nın ıssız bir koyağında taşların altında uyuyan ya da şimdiye kadar çoktan hayvanlar tarafından parçalanmış olan küçücük bir kız geliyordu.

Hüseyin'i anlıyordum artık, birkaç ay önce Mardin'de duyduğum davranışlarına şaşırdığım çocukluk arkadaşımı anlıyordum hatta yavaş yavaş Hüseyinleşiyordum. Aklı Batı'da, kalbi Doğu'da yaşama şizofrenisinin parçaladığı ruhların bunalımını, özgüven eksikliğini, yabancı sözcüklerle, yabancı tüketim mallarıyla örtmeye çalıştıkları tedirgin kişiliklerini, olduğundan farklı görünme çabalarını sanki gözlerim birdenbire açılmışçasına göstermişti Hüseyin bana.

Geceleri, köşesine kırmızı siyah bir Melek Tavus işlenmiş mendili elime alıyor, öyle uyuyordum. Doğu, eşsiz gizemi ve dipsiz acısıyla, karanlık bir girdap misali beni içine çekiyordu. Döne döne daha derinlere gidiyor, gittikçe Hüseyinleşerek Meleknaz diye sayıklıyordum. Görmediğim bir kız aracılığıyla bütün Mezopotamya'ya sevdalanmak gibi bir şeydi bu. Fuat Amca'nın anlattığı harese kavramıyla ilgisi yoktu. Doğu'da sevdanın, masalın, sihrin daha derin olmasıyla ilgiliydi. Araplar sevdaya garam diyordu, aşk ise sarmaşıkların sarılması anlamındaydı ki belki de sevdaya daha çok yakışan bir şeydi. Ya da ben, bir hayale sevdalanmanın esrikliği içinde böyle düşünüyordum. Mendil yumuşaktı, güzel kokuyordu, kenarlarında oyalar vardı. Kim bilir ne zaman, nerede, hangi kızların elinde işlenmişti bunlar? O Melek Tavus hangi genç kızın narin ellerinde biçimlenmişti. Sonra ne olmuştu o kızlara? Eski karıma bunları anlatsam anlar mıydı? O mendilin, en pahalı Avrupa markalarıyla ölçülemeyecek kadar değerli olduğunu algılayabilir miydi? Uyumadan önce aklıma Nâzım'dan iki dize düşüyordu hep: *"Şarktan geliyorum / Şarkın isyanını haykıraraktan geliyorum."*

Ben bir Şarklıyım diye düşündüm, onca yılın Batı eğitimini, Avrupalı, Amerikalı gibi bir yaşam biçimine sahip olma çırpınmalarını delinmiş bir çorap gibi bir tarafa atıvererek, ben bir Şarklıyım, Şark suyu içmişim ve masallar dünyasından geliyorum diye tekrarladım günlerce. Yıllardan beri aklıma gelmeyen aile üyeleri, Ankara'ya, İzmir'e dağılmış olanlar, görmediğim amcalar, halalar, teyzeler, kuzenler aklıma düştü. Keşke dedim, keşke babam beni İstanbul'daki o yatılı yabancı okula göndermeseydi, keşke bu kadar yabancılaşmasaydım, keşke kendimi Batılı yerine koyarak yıllarımı harcamasaydım, keşke Mehmet gibi Mardin'de sırtımı koca bir çınara dayayarak sağlamca yaşayıp gitseydim; hem kendime güvenim daha çok olurdu, hem de Doğuluların Batılı, Batılıların ise kendi halkına yabancılaşmış bir Doğulu olarak gördüğü kimliksizlikten kurtulurdum.

Tabii bu arada Şark dediğim her şey Meleknaz'da simgeleşiyordu; Lâleş, Bağdat'ın görkemli halifeleri, altın saraylar, yeryüzünü sallayan çöl peygamberleri, lahuri şallar, ipek, zümrüt, yakut kakmalı hançerler, balığın karnına giren Sinbad, Firdevsi, Hafız, Sadi, İmruü'l-Kays; *Binbir Gece Masalları*'ndan daha girift biçimde zihnimde oynaşıp duruyordu ve bunların hepsi, yüzünü bile göremediğim narin bir kızın hayaline düğümleniyordu.

Bana kalsa bulmama imkân yoktu ama sağ olsun becerikli Nihal buldu çocuğu sonunda. Suriyeli sığınmacı bebeklerin, özellikle de hasta olanlarının nerelerde kaldığını öğrenmiş, orada iki gözü kör bir çocuk olup olmadığını sormuştu. Herhalde o kadar da çok olmamalıydı böyle bebeklerin sayısı. Bir cumartesi günü, söyleşi yapmak istediğimiz bahanesiyle el üstünde karşılandığımız çocuk yetiştirme yurdunda (Sevgi Evi adını koymuşlardı buralara, Sevgi Evi), iki gözüne iki minik bulut oturmuş Nergis'i gördüm. Şengal Dağı'nda doğmuş, anasının sütünü hem Zilan'la, hem anasıyla paylaşmak zorunda kalmış Nergis bu dünyanın tehlikelerini ortaya çıkarmak için özellikle yaratılmış bir masumiyet simgesi halinde ağzındaki emziği emiyordu. Tuhaflaştım onu görünce, sanki bir masalda okuduğum, dağda ölülerin arasında doğan bebek canlanıp gelmişti. Zilan'ın anlattıklarını, içinde kana bulanmış melek tüylerinin uçuştuğu garip bir Doğu masalı gibi dinlemiştim ama bu bebek, ah bu bebek... Ne yazık ki masal dünyasından gelmiyordu. Şengal'i, annesinin yüzünü, ölüleri, göçmen kampını, Hüseyin'i, Adviye Hanım'ın evini, İstanbul'u, Sevgi Evi'ni hiç görmemiş olan karanlıklar içindeki bebek, ağzındaki emziği emerken yanaklarında oluşan gül goncası gamzelerle sessiz sedasız yatıyordu. Çok uslu bir çocuk bu dediler, hiç ağlamıyor. Doktora gösterdiniz mi diye sorduk, evet dediler ama henüz bir sonuç yok. Doğrusu Sevgi Evi'nde çalışanların bu tedavi işiyle çok da uğraştıkları gibi bir izlenim oluşmadı bende. Alıp göz kliniklerine götürebilir miyiz diye sorduk, hayır dediler, buradan çocuk çıkartmak kesinlikle yasaktır, sadece annesi alabilir. O zaman kalbim çarpmaya başladı işte. Heyecanımı bastırıp merakıma mesleki bir kılıf uydurmaya çalışarak, o bebeğin hikâyesini öğrenmek istediğimizi anlattım, anası (babası da demiştim bu arada) kimdi, neredelerdi, bu çocuğun başına niye bunlar gelmişti, isimlerini adreslerini alabilir miydik? Konuştuğumuz yetkili, kurallara çok meraklı olmalıydı ki, bunun da "kesinlikle" mümkün olmadığını söyledi, ailelerle temas kurmamız yasakmış, kesinlikle, ama kesinlikle yasakmış. Bu etine dolgun, orta yaşlı kadının kesinlikle kelimesini çok sevdiği kesindi. Peki dedik, adını bilmediğimiz bu kişilere bir mektup yazıp size bıraksak, kendilerine verir misiniz? Kabul ederlerse bizimle ilişki kurabilirler değil mi? Eğer kadın bir kez daha "kesinlikle" derse patlayacağımı hissediyordum ama hayret, demedi. Tam tersine bunun kurallara aykırı olmadığını söyledi. Annesinin adını bize veremezmiş ama yazacağımız mektubu ona teslim edebilirmiş, ondan sonrasına karışmazmış, bebeğin annesinin bizimle görüşüp görüşmeyeceği kendi bileceği işmiş. Nihal, annesi dediniz, babası yok mu, diye sordu. Yok dedi kadın, daha doğrusu bilmiyorum, annesi haftada bir uğruyor, bebeği görüyor. Peki, bebek niye annesiyle yaşamıyor, dedim. Kadın söylemekte bir sakınca görmemiş olmalı ki, o genç kadının bir evde yatılı hizmetçilik yaptığını, kendi evinin olmadığını, bu yüzden de bebeği yanına alamadığını anlattı. Bu gidişle bebek tedavi edilemez diye düşündüğümü hatırlıyorum, gözlerini açmak mümkünse bile açılamaz. Çünkü bu işler para ister, özel klinikler ister, devlet yurdu nasıl yapsın bunları?

Meleknaz Hanım,

Beni tanımıyorsunuz ama Hüseyin'in çok yakın bir arkadaşıyım. Sizi görmek ve bilmeniz gerektiğini düşündüğüm bazı şeyleri anlatmak istiyorum. Hem bende bir emanetiniz de var. Eğer görüşme isteğimi kabul ederseniz, size bu mektubu ulaştıracak olan kişiye yeri ve saati bildiren bir not bırakın lütfen.

İşte Meleknaz'a, biraz zorlanarak da olsa Arapça yazdığım ilk mektup buydu. Biraz insafa geldiğini hissetmeye başladığım görevli hemşire, bu mektubu, bebeğin annesi geldiğinde kendisine vereceğini söyledi. Eğer o da bana bir şey yazmak isterse, –işte kartım burada hemşire hanım, adres, telefon, e-posta hepsi mevcut– hemen bana ulaştırmaya söz verdi.

Sonra beklemeye başladım, her gün telefonumun mesaj bölümünü, e-postaları tarayıp durdum, hiç ses çıkmadı ama sekiz gün sonra gelen bir mesaj yüreğimi sevinçle kıpırdattı.

"Aksaray'da Akın Pastanesi, pazar günü saat üç."

Sanırım her gün çalıştığı için, izin kullandığı pazar gününü seçmişti, Fatih'teki bakımevine de pazarları gidiyor olmalıydı. Haftada bir gün demişti hemşire, bir gün geliyor bebeği görmeye.

Başkalarının da söylediği gibi her şeyden önce gözleri dikkat çekiyordu; siyah, çekik, karşısındakine dosdoğru bakan, bakışlarını hiç kaçırmayan, manyetik alan gibi tuhaf bir çekicilik taşıyan gözler. Karşısına otururken, sanki sizi tanıyorum demiştim, herkes o kadar çok sözünüzü etti ki ilk kez görmeme rağmen sizi tanıyormuş gibiyim, konuşup durdum, aramızdaki sessizliği bozmak için kendimi konuşmak zorunda hissediyordum, sanki benim görevimdi bu. O ise tahmin edeceğiniz gibi, hiçbir şey söylemedi, sadece baktı; güçlü olan oydu, susmaya hakkı vardı, bense ona yaranmaya çalışıyordum. İnsanlar arasında oluşan sözsüz kontratlar bir kez nasıl başladıysa öyle gider; bu da bize düşen rol dağılımıydı artık.

"Merhamet istemiyorum, hiç kimsenin acımasına ihtiyacım yok, merhamet de zulmün bir parçası; ne bana acıyın ne de çocuğuma. Merhamet zulmün merhemi olamaz."

Kendisi söylemiyordu bunları ama gözleri söylüyordu. Şengal Dağı gecelerini düşünüyordum o sırada; karanlık, aysız geceler, dağa halatlarla bağlanmış çakıp sönen yıldızlar. Hayatımda bu kadar, nasıl demeli; nefret desem değil, meydan okuma desem değil (o kızın bakışlarını anlatan kelimeyi bulmaya çalışıyorum), kırgınlık da değil, belki doğru kelime ilgisiz olmalı; ilgisiz bakışlar, "senin merhametin gerekmiyor bana, hiç kimsenin merhameti gerekmiyor" diyen bakışlar. Karşımda oturan uzun siyah saçlı, ince yüzlü genç kız bunları haykıra haykıra söylese bu kadar etkili olmayacak ama susuyor, sadece bakıyor, o bakışlar beni tuhaf bir tedirginliğe sürüklüyor. İlgisiz diye düşünüyorum, evet ilgisiz, ilgilenmiyor. Bu dünyada değil sanki, yaşayan bir kişinin bakışları bu kadar uzak bakamaz olan bitene. Küstahlık, meydan okuma, öfke, küskünlük, umutsuzluk, acı, yalvarma, kırgınlık, sevgisizlik, gücenme, soğukluk, sitem, incinme, kırılma kelimeleri bu bakışları açıklamaya yetmez. Hele acı kelimesi hiç uygun değil. Belki biraz Zilan'ın gözlerinde gördüm bu bakışı; duygusuz, hiçbir beklenti taşımayan bakışlar, acının da sevincin de ötesine geçmiş bakışlar. Meleknaz'da bu bakış daha yoğun, daha derin, daha gizemli. Hadi ne söyleyeceksen söyle bir an önce de bu iş bitsin demek istiyor gibi.

Diller döküyorum kıza, benden bir kötülük gelmez diyorum, Hüseyin'in arkadaşıyım ben, çocukluktan beri arkadaşıyım. Mardin'e gittim, başınıza gelenleri öğrendim, Adviye Hanım'ı, Aysel'i gördüm, Şeyhinizle konuştum, dininizi öğrendim, Melek Tavus'a saygı duydum, sonra Zilan'ı gördüm, arkadaşın Zilan'ı, Nergis'in başına gelenleri dinledim. Deyrulzafaran manastırına gittim, Rahip'le konuştum, yani bugüne kadar senin izinden yürüdüm, seni bulmak istedim, görüşmek istedim, merak ettim, kim bu Meleknaz diye aylarca düşündüm, sonunda karşı karşıyayız işte ama şimdi de konuşmuyorsun benimle.

Arapça anlattıklarımı dinliyor, dudakları mühürlü, yüzünde en ufak bir kıpırtı yok. Belki de haklısın demek istiyorum ona; Zilan da senin gibiydi, ben acının ötesine geçme kavramını anlayamayan biriyim. Sizler bir eşiğin ötesindesiniz, iyinin ve kötünün ötesindesiniz, acının ötesindesiniz, biz bunu anlayamıyoruz ama yalvarırım bana anlamam için bir fırsat ver. Hüseyin'in arkadaşı olduğumu söylüyorum, en yakın arkadaşıyım, hem de beş yaşından beri. (Düpedüz yalan söylüyorum, daha doğrusu gerçek ile yalanı karıştırıp onun yanlış anlamasına yol açıyorum.) Haberin var mı Hüseyin'e olanlardan diyorum.

Döne döne aynı şeyi anlatıyorsam kusura bakmasın kimse, Doğu sarhoşluğuma versin. Her şeyi, herkesi ve her yeri griye boyayan sinsi yağmur altındaki İstanbul'da bir pastanenin formika masasında, ıslanmış paltolardan yükselen buharla kahve kokusu birbirine karışırken, benimle buluşmuş olmasına duyduğum şükran duygularını belirtmeye çalışarak, bu derin bakışlı, kara gözlü, zarif yüzlü genç kadını bana her şeyi anlatmaya ikna etmeye çalışıyorum. Sana yardımcı olabilirim diyorum, sana yardım edebilirim belki. Nasıl diyor sonunda soğuk, uzak bir sesle, Hüseyin'i geri getirebilir misin, Nergis'i geri getirebilir misin, toprak altında çürümekte olan bedenleri canlandırabilir misin?

Hüseyin benim artık demek istiyorum ona, beni Hüseyin olarak kabul et, onun yerine ben varım, ama söylemiyorum; bunun yerine hayır diyorum, ben peygamber değilim, kimseyi diriltemem. O zaman sus diyor. Doğruluyor, sandalyenin arkalığına asmış olduğu eski, yıpranmış çantayı alıyor, ince bedeninin o yaşa özgü kıvrak hareketleriyle iki adım atıyor ama narin omuzlarındaki çöküş, içinde bulunduğu umutsuzluğu ele veriyor.

Ben de kalkıyorum, o kapıya doğru yürürken arkasından yürüyüp, dur ne olursun dur, diyorum. Beni duyuyor ama omuzlarına dökülen düz siyah ipeksi saçlarını savurarak yürümesinden inadını kıramadığımı anlıyorum.

Pastanenin buğulu cam kapısını açarak puslu yağmurlu havaya çıkıyor, yaylı kapıyı açtıktan sonra bırakıyor, kapanmakta olan kapıyı –yüzüme çarpmadan– tutup ona yetişmeye çalışıyorum. Hızlı adımlarla yürüyor. Biraz önce sinsi sinsi yağan yağmur şimdi bütün ağırlığını indirmekte. Nerdeyse koşarak yanına geçiyorum; olanları değiştiremem elbette diyorum ama sana yardımcı olabilirim, bu yükü tek başına taşıman çok zor, sanıyorum başa çıkamayacaksın, oysa ben sana yardımcı olabilirim, gerçekten olabilirim. Koşar adım bu sözleri söylerken yağmurdan sol şakağına yapışan saçlarıyla çevrelenmiş yüzünü yandan görüyorum. Bana hiçbir şey söylemiyor, cevap vermiyor, adam yerine koymuyor, dosdoğru karşıya bakarak yürüyor ve ben –bütün Mezopotamya tanrıları bağışlasın– ne kadar güzel diye düşünüyorum, Hüseyin'in, uğruna yanıp kül olduğu kadındaki öz, kadın iradesiyle birleşmiş kadın güzelliği her zaman olduğu gibi içimde garip bir sızı yaratıyor. Bir süre kızın yanında anlamsız ve kendimi rezil edercesine koşturduktan sonra, peki diyorum, belli ki sizi benimle konuşmaya ikna edemeyeceğim, bir gün ihtiyaç duyarsanız lütfen beni arayın, lütfen, lütfen, lütfen, lütfen. Son lütfen'lerim puslu havada yok olurken, sanki zor durumda olan o değil de benmişim gibi, onun kişilik gücü karşısındaki yenilmişlik duygusuyla, iki irade çarpışmasının kaybedeni olarak hızlı adımlarla caddede sisin içinde eriyip giden siluetin ardından bakakalıyorum. Aniden, onu kaybediyorum diye düşünüyorum, ondan ayrıldıktan sonra içine düşeceğim can yakıcı mutsuzluk aklıma geliyor, yine yüreğimi sivri bir aletle oyuyorlarmış gibi olacak diye düşünüyorum. Umutsuzca arkasından sesleniyorum bir kez daha, Meleknaz lütfen dur, daha anlatacaklarım bitmedi, hem bir emanetim var sana verecek diyorum. Duymuyor beni, gözlerimin önünde uzaklaşıp gidiyor.

Neden sonra onu izlemek geliyor aklıma. Herhalde böyle bir şeye çok kızar, ne var ki onunla irtibat kurmak için başka çarem yok. İyice uzaklaşmış olan Meleknaz'ı belli etmeden izlemeye başlıyorum. Saçak altlarından, kapalı dükkânların kenarından yürüyorum. Gerçi hiç ondan beklenmez ama geri dönüp bakacak olursa hemen bir kuytuya saklanabileceğim. Kızın hızlı adımlarla çöl gazali gibi yürüyüşünü izlerken, ne gurur diye düşünüyorum, nasıl bir gurur bu, nasıl bir inat, nasıl bir meydan okuma. Oysa üstünde, hayır olsun diye birilerinin vermiş olduğu eprimiş gri bir pardösü var, ayaklarında da iyice eski görünen belki de bu yağmurda ayaklarını ıslatan delik pabuçlar. Belki de her şeyini yitiren bir insanın son sığınağı insan onurudur, elinde kalan tek şey budur, diye düşünüyorum. Kızın eninde sonunda bir eve gireceğini biliyorum; çalıştığı eve, Nergis'in kaldığı yetiştirme yurdundan öğrendiğim kadarıyla temizlikçi olarak çalıştığı eve.

İşte şimdi o evi öğrenmek üzereyim, Meleknaz'ın çalıştığı evi göreceğim birazdan. Daha sonra ne yapacağım hakkında hiçbir fikrim yok ama o evi bulamazsam Meleknaz'ı sonsuza kadar kaybetmiş olacağım. Meleknaz'ın izini sürme, daha doğrusu izinde sürünüp durma maceram ortahalli bir sokağın, ortahalli bir apartmanında bitiyor.

Meleknaz içeri girdikten sonra apartmanın önünden geçiyorum, kirli mavi bir tabelaya yazılı 18 numarayı görüyorum. Mavi, diyorum kendi kendime, mavi tabela; nasıl olabiliyor bu? Meleknaz nasıl dayanıyor buna? İyi ama diye düşünüyorum sonra, İstanbul'un her yerinde mavi var, her köşede, her harfte, her yol işaretinde. Ve ben, bu koca şehrin ortasındaki kimliksiz gazeteci, yardım önerimi geri çeviren bir insanı kabul etmeye zorlayarak kendi ruhumu kurtarmaya çalışıyorum. Yağmur suları, ıslak solucanlar gibi ensemden içeri süzülürken, zavallı İbrahim diye kendime acıyorum.

Meleknaz'ı görünce merakımın biraz azalacağını, saplantılarımdan kurtulacağımı sanıyordum; tam tersi oldu. İçimdeki Hüseyinleşme, Hüseyin'le aynı şeyleri hissetme hali artmış gibiydi. Pazartesi günü gazetedeki dalgınlığım herkesin dikkatini çekti, kimi hasta olup olmadığımı soruyor, kimi alttan alta dalga geçiyordu. Bu dikenli, sevgisiz ortamlara alışkındık hepimiz, plazaların insanın ruhunu öldürdüğü, herkesi robota çevirdiği gerçeğini çoktan öğrenmiştik. Eğer ortaçağ şövalyelerinin demir zırhları gibi, görünmez bir aldırmazlık zırhı giymezsen, buralarda barınmana olanak yoktu. İlk zamanlarda bu çevrenin beni çok sarstığını gören bir arkadaşım, herkesin bir şemsiyesi var kendini koruyacak, seninse yok, bir an önce şemsiyeni açmaya bak, çünkü bu yağmur hiç dinmeyecek demişti. Şimdi ben de şemsiyemi açmayı, aldırmazlık zırhı giymeyi öğrendiğim günlere eriştiğimi sanıyordum, aslında öğrenmiştim; beni sarsan, yüreğimi oyan bir Meleknaz çıkıp beni tarumar edene kadar. Tarumar! İşte durumumu tam olarak anlatacak kelime bu diye düşündüm: tarumar! Aynı anlamdaki diğer kelimeler hafif kalıyor.

Günlerce o mendili koklayarak, yüzüme sürerek uyudum, günlerce o sokağın o apartmanın önünden geçtim, Meleknaz'ı görüp, ben de Hüseyinim, deme isteğiyle kıvranıyordum. Beni Hüseyin'in yerine koy, hizmetçilik yapmana gerek yok. Evim var, emrinde, benim evime taşın, Nergis'i de alalım yanımıza, İstanbul'un en iyi doktorları tedavi etsin bebeği, istersen Zilan'ı da getirtelim demek istiyordum ama bunları ona söyleme imkânım yoktu, göremiyordum bile. Hem görsem de onun beni bir kez daha o ilgisiz gözlerle izleyeceğinden, senin hiçbir şeyine muhtaç değilim demeye bile ihtiyaç duymadan beni bakışlarıyla yerin dibine geçireceğinden emindim. Hizmetçilik yapmak gururunu kırmıyordu ama merhamet yaralıyordu onu. Merhamet istemiyordu, insanlıkla ilgili kararını vermişti; içine oturan zifiri karanlığı delecek en ufak bir ışık sızmasına bile izin vermeyecek kadar kapatmıştı kendisini. Umutsuzluktan güç alan, bunun sarsılmasına izin verdiği anda yıkılacak bir kalebende benziyordu. Demek ki insanlığa güven duymanın tam olarak yıkılışı böyle oluyormuş diyordum, umut kapılarının, pencerelerinin sıkı sıkıya kapatıldığı bir kararlılık hali, artık hiç kimsenin aralayamayacağı bir demir kapı... Lâleşli kızlar yaşayarak öğrenmişlerdi bunu. Tekrar umutlanma ve tekrar yıkılma tehlikesine karşı en doğru hareket, kabuğunun içine çekilen bir deniz canlısı yöntemiydi. İyi ama ben nasıl girecektim o kabuğun içine, nasıl girecektim!

Oturup ona bir mektup yazdım, kısa bir mektup:

> Sizin için önemli olduğunu sandığım emanetinizi veremedim, bende kaldı. Ben her pazar aynı saatte, aynı yerde sizi bekleyeceğim.

Zarfın üstüne de Meleknaz Hanım yazıp, Aksaray'daki o apartmana götürdüm. Diyafondaki kapıcı zilini çalıp, "Kim o?" diye seslenen adamı, bir mektup vereceğim diyerek kapıya çağırdım. İnce bıyıklı adam geldiğinde ona, Meleknaz Hanım'ı tanıyıp tanımadığını sordum, önce çıkaramamış gibi yüzünü buruşturdu, Suriye göçmeni dedim, haaa, şu Suriyeli hizmetçi mi dedi, Meleknaz Hanım deyince şaşırdım birden, biz ona Melek diyoz, 4 numarada çalışıyo. Bu mektubu ona verir misin dedim, bi akrabasından geldi, tamam dedi adam, sevaptır bu garibanlara yardım etmek, zavallı çok sessiz bir kızcağız, bazen apartman merdivenlerini de silip süpürüyo bize yardım etmek için. Görecen mi? Yok dedim, sağ ol, mektubu vermen yeter.

Daha sonra bekleme günleri başladı; hafta içi, belki o pazar gelir umuduyla yaşayarak, pazar günleri vaktin geçmesini, saatin üç olmasını sabırsızlıkla bekleyerek.

İlk pazar, mendili güzel bir hediye kâğıdına sarıp cebime koydum, pastaneye gittim, aynı masaya oturdum. Meleknaz gelmedi, saat dört buçuğa kadar bekledim, sonra umutsuzluk içinde kalkıp eve döndüm, mendili paketinden çıkarıp yastığıma yerleştirdim yine. Meleknaz'a hem içim parçalanıyordu, hem de ondan korkuyordum. Tuzağa düşüp ölümcül yaralar almış bir kaplana nasıl sokulamazsanız, çok istemenize rağmen yaralarını nasıl saramazsanız, Meleknaz'a da öyle yaklaşamıyordum. Acı çekmesine rağmen, senin de kötülük yapacağını düşünerek pençe atan bir kedinin ızdırabını, bütün sevecenliğinle ama çaresizce izlemek gibiydi durum.

Ertesi pazar mendili yine hediye paketine sardım, saat üçte yine aynı pastaneye gidip aynı masaya oturdum. Gelmedi, ondan sonraki pazar da gelmedi, sonraki pazar da. İnatla her pazar oraya gitmeyi sürdürdüm; beşinci pazar ödülünü aldım bunun. Umutsuz bir durumda masada otururken, çatık kaşları ve asık yüzüyle pastane camının önünden geçtiğini, kapıyı açıp içeri girdiğini görmek yüreğimi hoplattı, nabzımın atışını duydum. Daha önce kimse bana bu kadar iyilik yapmamış gibi bir sevinçle kabardı içim. Gülerek ayağa fırladım, elimi uzattım ama sıkmadı, yüzündeki ifadeyi bozmadan karşıma oturdu, konuşmadı. Sana ait bir şey var bende dedim, o sırada garson ne istediğimizi sordu, çay mı, kahve mi dedim Meleknaz'a, su istedi, peki dedim. Ona su, kendime kahve söyledim, bir de pasta çeşitlerinden getir dedim, o pastalara da ilgisizce bakacağını biliyordum. Dağda kendi sütüyle hayatta kalmayı başaran bir kıza gereksiz bir lütuf yapmaya çalışıyorum gibi gelecek, bundan dolayı beni küçümseyecekti ama olsun varsın dedim. Bu kızın aşağılamaları benden kaynaklanmıyor, insan soyunu aşağılıyor o.

Cebimden kırmızı (mavi değil elbette) hediye kâğıdına sardığım mendili önüne koydum. Nedir bu, diye sordu. Sana ait bir şey, aç lütfen dedim. İsteksiz bir tavırla açtı, mendili görür görmez gözlerine yerleşen donuk ifadede ilk kez bir değişiklik gördüm sanki, şaşkınlığa benzer bir şey. Mendili eline aldı, evirdi çevirdi, sonra, nerden senin eline geçti bu, diye sordu, Güneş Tapınağı'nda bırakmışsın dedim. Oraya mı gittin, diye sordu, evet dedim, senin izinden her yere gittim, niye dedi, bilmiyorum dedim, gerçekten bilmiyorum ama hayatımın merkezinde sen varsın, hep senin izini sürdüm, meleğin izinde dolaştım. Beni tanımıyorsun bile dedi, tanıyorum dedim, sanırım tanıyorum, ama ben seni tanımıyorum dedi, tanıman için uğraşıyorum dedim, bu sırada artık bana iyice tanış olan garson çocuk, su, kahve ve iki çeşit pasta getirdi. Sonra hatırlayabildiğim en iyi Arapçayı kullanmaya çalışarak konuşup durdum, onun ve halkının başına gelenleri bildiğimi söyledim, yüzüme alaycı bir ifadeyle baktı, daha doğrusu anlamaya çalışıyorum dedim, bırak sana daha yakın olayım, dünyadaki bütün insanların kötü olmadığını göstermeye çalışayım.

Söylediklerim bana da garip geliyordu doğrusu, Meleknaz'la kişisel bir konuşma yapacağıma, insan soyundaki iyilik ve kötülük konusunda bir vaaz verir gibiydim. Neyse ki Meleknaz beni kendime getirdi, niye anlatıyorsun bunları bana dedi. Bir süre sustum, sahi niye anlatıyordum bunları? Sonra gözlerine bakarak, çünkü ben sana yardım etmek istiyorum Meleknaz, dedim beni de şaşırtan bir cesaretle, yanlış anlama, senden çok kendime yardım etmek istiyorum, tekrar insan olduğumu hatırlamak istiyorum, Nergis'i tedavi ettirmek istiyorum, içimde büyük bir huzursuzluk var, beni yavaş yavaş öldüren bir huzursuzluk.

Buna benzer ne kadar sersemce laf varsa sayıp döktüm, güvensizliği yenmenin düşmanlıkla baş etmekten daha zor olduğunu düşünmeden saçmaladım durdum. O kadar dil döktüm ki, sonunda belki bir parça kafasını karıştırdığım, acaba mı sorusunu sormasına yol açtığım duygusuna kapıldım. Bana güvenip güvenmeme konusunda bir an, sadece bir an, kısacık bir an kuşkuya kapıldı, çevresine ördüğü çelik duvarda minicik bir delik açıldı sandım.

Birden mendili alıp kalktı, şükran, dedi, onu kapıya kadar uğurladım. Ben her pazar aynı saatte buraya gelmeye devam edeceğim ve senin de gelmeni bekleyeceğim, dedim, sonra ekledim, şimdi beni avutan tek şeyden, mendilden de oldum ama bir gün geleceğine inanıyorum, bir pazar mutlaka geleceksin; yardım et, yardım et, yardım et!

Hiçbir şey söylemeden çıkıp gitti. Kimi kadınlardaki bu güce her zaman şaşırmışımdır zaten, bu özgüveni, bu inadı, bu kararlılığı nereden alıyorlar, güçlerinin kaynağı ne, niye erkekler duygusal bakımdan daha zayıf ve perişan diye sorup durmuşumdur yıllardır. Erkeklerin beden gücüne karşı, bir ruh üstünlüğü dengesi mi bu acaba? Bu kızdaki gibi bir gururu daha önce kadın olsun, erkek olsun hiçbir kişide gördüğümü sanmıyorum. Madem bana bu kadar tepki gösteriyordu, niye Hüseyin'in onu kamptan çıkarmasına razı olmuştu? Bu sorunun yanıtını bulmanın çok önemli olduğunu biliyordum ama düğümü çözmek için nereden başlamam gerektiği konusunda hiçbir fikrim yoktu. Mardin'i, orada Hüseyin için anlatılanları, çadır kentlerde dinlediklerimi düşündüm. Neydi bu farkı yaratan? Sonra aklıma bir şey geldi, acaba Meleknaz'ı kızdıran şey merhamet miydi? Kendisine kötü davrananlara dayanıyor ama içtenlikle davransalar bile merhamet gösterenlere kızıyor olabilir miydi? Hüseyin Meleknaz'a özel bir merhamet göstermemişti, o zaten kamplarda çalışıyor, bütün sığınmacılara yardımcı olmak için çabalıyordu, Meleknaz'a özel bir merhamet söz konusu değildi ama ona sevdalanmıştı. Bu da kızın gururunu kıracak bir şey değildi elbette. Tam tersine uğruna o kadar güzel şiirler yazılan bir kız, kendisine tapınıldığını düşünmüş olmalıydı.

Galiba sonunda gerçeğe ulaştım diye düşündüm: Merhamet keskin bir kılıç; merhamet gösterenin kabzasından tuttuğu ama karşı tarafı yaralayan bir kılıç. Peygamber, veren el alan elden üstündür dememiş mi? Amerika'dan gelen meleğe duydukları soğukluk da bundan değil mi? Hıristiyan merhametine güvenmemelerinin sebebi bu değil mi? Çocukluğumda babamdan dinlediğim ve hiç anlam veremediğim bir hikâye vardı: Hz. Ali'ye, falanca kişi senin için kötü sözler söylüyor demişler. Hayret etmiş, oysa ben ona hiçbir iyilikte bulunmadım ki demiş.

Bunun ne demek olduğunu anlamaya başlamıştım galiba. O adam iyilik yükü altında kalmak istemiyor, bunun için Ali'yi gözünde küçültüyordu. Gazetede sana merhamet gösterilmesine razı olur muydun diye sordum kendi kendime; sana acımalarını, perişan durumda olduğunu düşünüp yardım etmeye kalkmalarını ister miydin? Daha yüzünü bile görmeden Meleknaz'a duyduğun bu tutku, aslında ne kadar iyi bir insan olduğunu –kendine bile– kanıtlama çabası mı? Sarsılmış, yabancılaşmış, her türlü değerden yoksun hayatına bir anlam katma girişimi mi? İstemeyen bir insana zorla iyilik yapma ısrarı saçmaydı, biliyordum; daha doğrusu bilemiyordum, bu soruların yanıtını verecek durumda değildim; sadece Meleknaz'ın o soylu duruşuna, gururuna yakın olmak istiyordum. Benim için bir zavallı değildi o. Gururu onu öylesine yüce bir yerde tutuyordu ki, sıradan bir kadın-erkek ilişkisinin doğal gereği olan dokunma hayalleri bile kuramıyordum. O mühürlü dudaklarını öpmek, onu çıplak görmek, teninin sıcaklığını duymak, düşlerime bile giremeyecek kadar uzaktı.

O haftanın büyük bölümünü Sahaflar Çarşısı'nda geçirdim. Kubbeler altındaki sahaflarda tozlu, yaprakları sararmış, her biri içinde bir sır saklarmışçasına suskun ve küskün duran kitapların arasında gizemli bir yolculuğa çıktım. O güzel ciltleri okşadım, okşadım, okşayıp durdum, sonunda aradığım hazineyi buldum; İmruü'l-Kays'ın muallakası. İslamiyet'ten önce şiirleri kutsal Kâbe duvarına asılan yedi şairin en büyüğü. Hz. İbrahim'in yaptığı tapınaktaki Hacer-ül Esved kadar kutsal ve insanları etkileyen kelimeler. Yoksa o kadar kutsal bir mekânın, hac merkezinin duvarına nasıl asılabilirdi? O devirde, dizelerini gayb âleminden aldıklarına inanılan şairlerin büyülü kelimeleri 1500 yıl önceden kanatlanıp gelecek ve bana hem kimlik hem de Meleknaz'ı ikna edecek yakıcı sevda şiirlerini getirecekti. Değil mi ki Doğu'da her şey sözle başlardı, o zaman ben de söz atının dizginini ele geçirmeliydim, Hüseyin gibi olmalıydım. Hatta Hüseyinleşmeliydim.

Rüyalarımda kendimi Hüseyin olarak görmeye başlamam çok garip bir duyguydu ama böyleydi işte.

Bir akşam, şarabın mı, İmruü'l-Kays'ın mı daha çok döndürdüğünü bilemediğim esrik kafamla, kadim Arap şiirine öykünerek şu dizeleri yazdım:

*Andolsun inen geceye*
*Garbi yeline andolsun*
*Andolsun Şengal Dağı'na*
*Güle şakıyan bülbüle andolsun*
*Azat dilemeyen kölenim ben*

Ertesi pazar yine pastaneye gittim. Onu düşündüm şiir yazdım, şiir yazdım onu düşündüm; bir pazar mutlaka geleceksin dedim, hep bekleyeceğim. Ne ki içimdeki huzursuzluk, bir şeyleri yanlış yapıyor olma duygusu geçmiyordu bir türlü. Geceleri uyanıyor, yani bunların hepsi, ölmüş bir çocukluk arkadaşının nişanlısına sahip çıkma anlamına mı geliyor diyordum. Kıza aşk şiirleri yazmak da neyin nesi, iki hafta sonra garip bir şey oldu, Hüseyin'e özenerek yazdığım şiirlerin hepsini yırtıp attım, gözüme saçma sapan göründüler, gereksiz gevezelikler diye düşündüm. Benim derdim sevda çekmek değildi ki, bambaşka bir şeydi. Ne olduğunu tam olarak bilemiyor, adlandıramıyordum yine de bambaşka bir şey olduğundan emindim. Şiir karalamalarıyla dolu kâğıtları yırtıp çöpe attıktan sonra rahatladığımı hissettim, sanki bir yanlıştan dönmüştüm, doğru yolu bulamasam da yanlış yolda değildim artık. Bana yardım et Meleknaz dedim, doğru yolu bulmam için bana yardım et, sana yardım etmeme izin vererek bana yardım et, kendi gözümde değer kazanmam için bana yardım et, oradan oraya savrulmuş bu değersiz adamı kurtarmak için yardım et. Sanki anam, babam, memleketim, yitip gitmiş çocukluğum bu zayıf kızın düşsel imgesinde buluşmuştu.

Garson çocuğun yüzüme dikilen üzgün bakışlarına, "bugün de gelmedi be abi" haldenbilirliğine, bir şeyler ikram etme çabalarına aldırmadan her pazar saat üçte o formika masalı pastaneye gitmeye devam ettim, Meleknaz gelmedi, çayımı içip evime döndüm. Ertesi pazar yine gittim, gelmedi, sonra yine, sonra yine... Hâlâ da gitmeye devam ediyorum ve bir şiiri yorumlayarak

"Orada bekle pastane diyorum, henüz gelmese de yar, umudum var!"

Bir pazar geleceğini adım gibi biliyorum...

*...diye yazarak, bu kitabı bitirdim. Hüseyin'in ölüm haberini almamla başlayan bu sarsıcı hikâyenin ve üzerimde yarattığı tuhaf etkilerin sona erdiğini sanıyordum. Meğer bütün bunlar sadece bir başlangıçmış. Bunu bir ay sonra anladım. Bir sabah ajanslar, Bulgaristan'a geçmek için Mardin'den, Diyarbakır'dan gelen yüzlerce Ezidi'nin sınırdan geri çevrildiği, otoyolun kenarında perişan halde bekletildiği haberini geçti. Sanki bu haber gazetedeki onca kişi arasında en çok beni ilgilendiriyordu, sanki akrabalarım bekliyordu orada.*

*Yazı işleri müdürümden bir araba ve bir foto muhabiri istedim, kabul etti, sınır kenti Edirne'ye doğru yola çıktım. İstanbul'dan en çok iki saat sürerdi bu yol. TEM otoyolundan gidiyorduk, bizi Avrupa'ya bağlayan yoldan. Edirne'ye yaklaşık beş altı kilometre kala yol kenarında birikmiş jandarmaları gördük önce. Haki üniformaları ve sonbahar güneşinde pırıldayan tüfekleriyle ayakta duruyorlardı. Yüzleri, ortalarına aldıkları, yerde kartonlar, gazeteler üstünde oturan kadın erkek, çoluk çocuk kalabalığa dönüktü. Mardin'deki kampta çadırda kalanları bir sihirli halının üstüne bindirip Edirne'ye getirmişler gibi garip bir görüntüydü bu; aynı umutsuzluk, aynı bekleyiş, aynı perişanlık. Mardin'den beş otobüs yola çıkmışlar ama Edirne'ye beş kilometre kala durdurulmuşlardı. Avrupa istemiyordu onları, yüzlerini gör-*

*meye dayanamıyor, sınırlarını aşacaklar diye her türlü önlemi alıyordu. Bu nedenle Türkiye'ye baskı yaptıklarını biliyorduk ve yine bu nedenle valilik, grubu durdurmuştu. Sınıra gitmelerine, kente dağılmalarına izin vermiyorlardı. Orada, ıslak toprak üstünde oturmaktan başka hiçbir şeye izin vermiyorlardı.*

*Jandarma başçavuşuna basın kartımızı göstererek kordonu aştık. Perişan Ezidilerin arasına daldık, Hakan fotoğraf çekmeye başladı, kimse ilgilenmedi onunla. Kucağındaki bebeği emziren solgun yüzlü bir genç kadını görünce, işte Meleknaz dedim, bu da Meleknaz, yanındaki de, birçok Meleknaz var burada, herkes burada. Şengal Dağı'nın kaçkınları, insanlık ağacının kırılmış dalları, onca soykırımdan kurtulan kılıç artıkları burada. Meleknaz değil ama Meleknazlar burada, Nergisler, Zilanlar burada, Melek Tavus'un masumları burada. Arkalarında IŞİD var, önlerinde Avrupa.*

*Galiba yapmam gerekeni bulmuştum sonunda. Sen dinlenedur Melek Tavus dedim, belki sen de, Tevrat'ın tanrısı gibi evreni yaratırken altı gün çok yoruldun; birinci gün ışığı, karanlığı, geceyi gündüzü yarattın, ikinci gün gök kubbeyi, daha sonra karayı, denizi, otları, bitkileri, tohumları, meyveleri yarattın, dördüncü gün sıra Güneş'e, Ay'a ve yıldızlara geldi, beşinci gün yeryüzünü her türlü canlıyla doldurdun, dünyaya egemen olması için kendi suretinde insanı yarattın, onları erkek ve dişi kıldın, sonra yarattıklarına baktın ve her şeyin çok iyi olduğunu gördün. Altıncı gün gök ve yer bütün öğeleriyle tamamlanmıştı. Yedinci güne gelindiğinde yapmakta olduğun işi bitirdin ve o gün dinlenmeye çekildin; belki de yedinci gün hâlâ sürüyor çünkü masumların, acı çekenlerin çığlıkları ulaşmıyor sana ve artık her şey güzel değil.*

*Telefonumun ses alma tuşuna bastım, çocuğunu emziren öteki Meleknaz'ın yanına çömeldim, sorularıma başladım...*

ZÜLFÜ LİVANELİ'YE
*HUZURSUZLUK* İÇİN SORULAR